AF388027

DIE WUNDERKAMMER DER WELTENERDE

Band 2

von Alexian Chrysander

Impressum

Bibliografische Information der Deutschen
Nationalbibliothek:
Die Deutsche Nationalbibliothek verzeichnet diese
Publikation in der Deutschen Nationalbibliografie;
detaillierte bibliografische Daten sind im Internet über
http://dnb.dnb.de abrufbar.

© 2021 Alexian Chrysander

Herstellung und Verlag: BoD – Books on Demand,
Norderstedt

ISBN: 978-3- 7543-0137-1

Inhaltsverzeichnis

Vorwort

Wunderkammern gibt es wirklich und sind der Vorläufer der heutigen Museen. Sie waren ein teilweise wildes Sammelsurium an Exponaten aus den Bereichen Naturkunde, kunsthandwerkliche Arbeiten, Artefakten und anderen Raritäten ihrer Zeit, quer aus allen Ecken unserer Welt zusammengetragen.

Ähnlich verhält es sich hier mit diesen Kurzgeschichten. Sie sind Teil der ersonnen Weltenerde, die mal mehr oder weniger nebulös in meinem Kopf vor sich hin geistern. Sich diese Geschichten oder Anekdoten auszudenken, reifen zu lassen und weiter auszustaffieren, das verschafft mir einen Ausgleich zu meiner täglichen Arbeit. Dadurch sind über die Zeit kürzere und längere Episoden dieser Reisen entstanden und sollen nun das Licht ihrer Welt auf diesen Seiten erblicken. Dieses Mal sind es zwar nur vier Geschichten, dafür sind sie etwas länger ausgefallen, als im vorherigen Band.

Inspiriert von den Kurzgeschichten der Autoren phantastischer Horrorliteratur des ausgehenden 19. und beginnenden 20. Jahrhunderts, verorten sich meine Erzählungen ebenso in diesem Genre.

Die hier veröffentlichten Kurzgeschichten sind selbst verfasst und ein self-publishing Projekt. Die Texte sind daher nicht professionell lektoriert und so möge man mir den einen oder anderen Fehler nachsehen.

Ein Diener unter Dienern

Seit ich denken kann bin ich ein Diener von Tat Aros, dem Ordensherrn vom Kult des Dorn. Von einem einfachen Schreiberling habe ich mich in die Position des ersten Schreibers von Chemeth, dem Vorsteher des Siegels hoch gearbeitet. Der Vorsteher des Siegels ist der Verwalter aller Güter und Schätze meines Herrn. Herr Tat Aros war bereits in seinem ersten Leben der Ordensherr vom Kult des Dorn gewesen. Wie man sich erzählt, war er seinerzeit die rechte Hand des Septevarenherrn Dorn Höchstselbst gewesen. Sein zweites Leben als Wiedergänger begann er vor beinah fünf Dekaden. Als Schreiber für den Vorsteher des Siegels habe ich einen guten Überblick über den vermögenden Haushalt meines Herrn sowie auch in die Schatzhäuser des Kultes selbst. Ich bin in steter Begleitung von einer Handvoll der fast zweihundertdreißig Salveten, die Leibwächter meines Herrn. Sie schützen seinen Leib, sie bewachen sein Haus und überwachen seine Diener.

Ich trage die Schriften und Listen von Chemeth. Meine Aufgabe ist es dabei ihm die geforderten Unterlagen unverzüglich zu reichen. Da wir aufgrund der hohen Position von Chemeth oft in der Nähe unseres Herrn verweilen, bin ich oft angespannt und versuche jede Unachtsamkeit zu vermeiden. Ich kann wohl behaupten, dass ich das Gebaren von Herrn Tat Aros etwas zu verstehen gelernt habe, auch wenn dies unmöglich erscheint. Der balsamierte und mumifizierte Leichnam meines Herrn ruht seit bald über fünf Dezennien in seinem Somaphag.

Ein Somaphag ist ein Konstrukt, das man sich am ehesten als eine Art metallenen Sarkophag mit Armen und Beinen vorstellen kann. Die sterblichen Überreste eines Septevaren der zum Wiedergang berufen wurde, liegt dabei sicher verwahrt in der schwer gepanzerten Mitte dieses metallenen Ungetüms. Alle Septevaren beherrschen die Kunst der Blutsmagie. Mittels dieser schaffen die Wiedergänger sich und ihre stählernen Särge zu bewegen. Auf dem ersten Blick sieht der Samophag meines Herrn wie eine schwere Rüstung aus. Die Front besitzt dabei eine schmale, gläserne Kuppel oder Helm. Durch dieses Glas kann man die balsamierte Mumie von Herrn Tat Aros mit ihrer ledrigen, vertrockneten Menschenhaut erkennen. Der Leichnam ist in feine Tücher gekleidet. Das Gesicht wird von einer verzierten Maske verdeckt, welche durch goldene und silberne Dornenranken fixiert werden. Seit ich denken kann, ist dieser Anblick Teil meines Lebens. Ich kann mich daher nur schwer in die Menschen hineinversetzen, die vor diesem Anblick nicht gewappnet sind oder so einen Wiedergänger zum ersten Mal erblickten. Ich habe schon oft erlebt, wie die einfachen Menschen Haeresiens vor meinem Herrn in ehrfürchtiger Angst erstarrten oder Hals über Kopf flohen. Seine Gestalt war in meinen Augen kaum grässlich anzusehen. Seine sterblichen Überreste waren trocken mumifiziert. Der große, mehr einem Schrein als einer Rüstung ähnelnde Panzer erlaubte zudem nur selten einen genauen Blick auf seine Mumie. Schrecklicher befand ich die Wiedergänger aus den Gebieten im Westen anzusehen. Ihre Überreste wurden in den dortigen Mooren und Sümpfen feucht mumifiziert und deren aufgedunsene Mumie schwebte so fürchterlich in dem trüben Konservierungswasser des gläsernen Sarges. Auch die schwarzverkohlten Mumien, die im Norden wie Fleisch oder Fisch geräuchert wurden waren nach meinem Verständnis um ein Vielfaches grausiger anzusehen.

Mein Herr bewohnte einen Palast im Viertel der Septevaren in der großen Stadt Askesá. Das Viertel thronte auf einer kleinen Hügelkette oberhalb der Stadt und war mit riesigen Terrassen in die Erhöhung eingearbeitet. Das zyklopische Mauerwerk um die Terrassen, ließ sie wie eines der großen Zikkurats selbst wirken. Sie strahlten eine geradezu göttliche Erhabenheit in jeden Menschen, der im Schatten dieser Prachtbauten wandelte. Der Dorn-Kult war berüchtigt für den extravaganten Lebensstils ihres Ordenspatrons und so waren auch ihre Häuser und Anwesen mehr ein Palast als alles andere. Der Dorn-Kult beanspruchte jeher Askésa als seinen Hauptsitz und so war es kaum verwunderlich, dass hier die prächtigsten Bauten des Kultes standen. Der Palast des Dorn-Kultes selbst wurde auf einem künstlich aufgetürmten, rechtwinkligen Hügel mit steil abfallenden Wänden errichtet. Er ragte dabei noch über dem Viertel der Septevaren empor. Eine lange Treppe führte hinauf auf einen weitläufigen Hof, der von den Flügeln des Palastes eingerahmt wurde und erst am gegenüberliegenden Ende der Treppe den hochragenden Palast mit seinen Palmsäulen und gewaltigen Reliefs majestätisch preisgab.

Mein Herr beabsichtigte in einer ungewohnten Eile an jenem verhängnisvollen Morgen in die Stadt hinunter zu gehen. Ich stieß fast in meinen Herrn Chemeth, da dieser abrupt stehen geblieben war. Herr Tat Aros war ohne Vorwarnung am oberen Ende der großen Treppe zum Halten gekommen. Uns Dienern war es nicht sofort aufgefallen. Ich beobachtete die Salveten, die sich diesen plötzlichen Halt ebenso nicht erklären konnten. Unser Herr verweilt nie lange außerhalb des Anwesens und so sind wir in seiner Begleitung stets zur Eile angetrieben, um mit ihm Schritt zu halten.

Ich spähte zwischen die Salveten hinab in das Meer aus Häusern der Stadt. Ich bemerkte eine unbekannte Unruhe, die die gesamte Stadt erfasste. Eine hysterische Angst schien wie gefrierendes Blut in die pulsierenden Straßen zu kriechen. Plötzlich hörte ich Menschen unverständliche Dinge brüllen. Auch unser Tross erfasste diese Unruhe. Die Salveten rückten näher zusammen und bildeten einen engeren Kreis um uns. Mir gelang es dennoch Teile der Stadt zu beobachten. Diejenigen, die dort unten jene Worte vernahmen wurden in ebensolches Entsetzen geworfen. Die Botschaft um ein namenloses Grauen breitete sich immer weiter aus. Ich konnte dabei zusehen, wie das Leben in der Stadt zum Erliegen kam und alles in das südliche Stadtviertel zum Heiligen Bezirk strömte. Nach dieser Welle der Angst erfolgte eine Welle der Panik. Dieses Mal aber trieb sich auch mir ein eiskalter Schauer ins Fleisch. Aus der Ferne des Heiligen Bezirks wurden rhythmische Gesänge mit dem Wind zu uns hinauf getragen. Die Menschen flehten die Götter in einem immer wiederkehrenden Sprechgesang an. Endlich

eilte ein Salvet die große Treppe hinauf zu unserem
Herrn. Er keuchte und japste nach Luft, er musste
vom anderen Ende der Stadt her unentwegt gerannt
sein. Ich hörte jemanden zum Hauptmann der Leibwache sprechen. Er identifizierte den Boten als einen
Salveten von Torn, einem anderen Septevaren des
Dorn-Kultes. Zu unser aller Entsetzen berichtete er
nun in erschütterter Erregung

«Großer Tat Aros, mein Herr Torn schickt mich.
Ein Blutmeister bringt gerade seine Opfer im Heiligen Bezirk für den Grauen Gott dar und ruft ihn mit
seinem wahren Namen an. Jeder Priester und Mön-
che ruft die Götter an das Unheil des Grauen Gottes
abzuwenden. Die gesamte Stadt ist in hellem Aufruhr. Ich sah jeden Mann und jede Frau vom Kind
bis zum Greis, vom Bettler bis zum hohen Beamten
auf den Knien und die Götter für ihren Schutz und
ihre Hilfe anflehen.» Ich verstand nun die Panik, die
in der Stadt grassierte. Die gleiche Verzweiflung
erfasste nun die einfachen Diener um mich herum.
In jeder anderen Situation hätten die Salveten dieses
Verhalten mit dem Prügel gezüchtigt und bestraft,

aber selbst die Salveten waren erstarrt bei diesen Worten.

Der Graue Gott, jener Große Alte war gestaltlos und namenlos im Götterkosmos Haeresiens. Er galt als Schöpfer dieser Welt und so wie er das Leben den Menschen gab, so konnte er es ihnen auch wieder nehmen. Er wurde immer schon als rachsüchtig beschrieben. In den Legenden schreckte er nicht einmal davor zurück seine eigenen Kinder grausam zu bestrafen, wobei der Tod als die gnädigste seiner Strafen galt. Sein Antlitz sei dabei so fürchterlich, dass jeder der ihn erblickte, dem Wahnsinn verfiel. In Haeresien gilt das unausgesprochene Gesetz nicht dem Grauen Gott zu huldigen. Die Priesterschaften aller Tempel und Gottheiten hatten die Verehrung des Grauen Gottes zu unterbinden und zu versagen. Es heißt aus den Gebeten und Huldigungen der Menschen beziehen die Götter ihre Macht. Wenn den Grauen Gott also niemand anbetet, konnte er auch nicht zu neuer Macht gelangen. Selbst sein Name wurde nur von einem Ohr zum anderen geflüstert weiter gegeben. Sein Name wurde nie geschrieben. Darstellungen oder Symbole des Grauen Gottes galten als eine ungeheuerliche Gotteslästerlichkeit und die reine Andeutungen war gerade so geduldet. So wurde er entweder nur als grauer Schemen oder sich selbst verschlingende Schlange dargestellt. In der plastischen Darstellung war ein leerer Steinsockel sein einziges Erkennungsmerkmal. Dennoch soll er einen Kult haben, der ihn im Verborgenen verehrt. Nur wenige Anhänger dieses Kultes wagten es ihn heimlich zu verehren, da dieses Sakrileg, dieser Frevel mit nichts geringerem als dem Tod bestraft wird. Nun aber war jemand so unverfroren und sprach seinen wahren Namen in aller Öffentlichkeit laut aus. Mit jedem Erscheinen in den Schriften brachte der Graue Gott Unheil und Verheerung über die seinen und die Welt. Daher war es immer schon im Bestreben der Menschen ihn nicht herbei zu rufen. Es war kein Wunder, dass das Leben der gesamten Stadt zum Stillstand gekommen war und alle Menschen nun die Götter um ihren Beistand und Gunst anriefen.

Mein Herr sagte seinen Ausgang ab und verblieb im Palast. Er verbrachte mit seinen wichtigsten Dienern die gesamte Nacht bis zum frühen Vormittag des folgenden Tages am Heiligtum des Dorn-Palastes und führte selbst die stärksten und bedeutendsten Rituale für die Götter durch. Wir einfachen Diener taten dasselbe in den Innenhöfen und auf den Terrassen. Ich selbst war zutiefst schockiert von dieser Situation. Weniger vielleicht, dass ein zürnender Gott uns wirklich heimsuchen würde. Vielmehr jedoch aufgrund der religiösen Hysterie, die die Gesamtheit der Bevölkerung Askésas erfasst hatte. Welcher Wahnsinnige musste es wagen eine solche Tat zu begehen? Diese Frage beschäftigte mich die gesamte Nacht.

Am frühen Vormittag erst traf ein weiterer Salvet von Torn bei Herrn Tat Aros ein, der ihm vom Ende dieses religiösen Deliriums berichtet hatte. Nun erst verließ Herr Tat Aros mit seiner Leibwache den Palast und machte sich auf den Weg zum Anwesen des Torn im Viertel der Septevaren. Die sonst leeren und kaum begangenen Straßen waren verstopft von

Septevaren und deren Dienern. Sogar Vertreter aus den Adelshäusern und vom Königshaus selbst erwarteten geduldig ihren Einlass. Der Wahnsinnige, der zuvor den Grauen Gott angerufen hatte, war zu meiner Überraschung Gast im Haus von Torn. Er sollte sich als Blutmeister und mehr noch als einer der berüchtigten Grauen Meister herausstellen.

Herr Chemeth erklärte mir später am Abend, dass von all den Wahnsinnigen die den Grauen Gott verehrten, allein die Grauen Meister diese Gotteslästerlichkeit ungestraft ausüben durften. Ihre Zahl war winzig gemessen der großen Kulte und Orden der Septevaren. Und doch waren diese Blutmeister selbst unter allen anderen Blutmeistern verhasst und sogar gefürchtet.

Herr Tat Aros war immer schon von einem stets misstrauischen und daher verschwiegenen Wesen. Wie die meisten Septevaren war er kein Freund davon seine privaten Geheimnisse preis zu geben, schon gar nicht anderen Septevaren gegenüber, die so möglicherweise Macht über ihn erlangen konnten. So war meine Verwunderung groß, da mein Herr nach nur wenigen Tagen diesem fremden Blutmeister ein für ihn untypisches, bedingungsloses Vertrauen entgegen brachte. Normalerweise zeigte er stets eine gewisse Distanz oder sogar Zurückweisung gegenüber anderen Septevaren, die entweder nicht Teil des Dorn-Kultes waren oder die er nicht kannte. In solchen Momenten fehlte oft sein sonst so erhabenes Auftreten und Gebaren. Hier aber reagierte er fast unterwürfig und demütig diesem Grauen Meister gegenüber.

Bei einigen Gesprächen der Hohen Herren war ich anwesend. Dieser Graue Meister wirkte verstörend auf mich. Sein bloßer Anblick jagte mir eisige Schauer über den Rücken. Woher diese Furcht kam konnte ich mir selbst nicht erklären. Blutmeister waren immer schon in absonderlichen Gewandungen und Maskierungen aller Art anzutreffen. Da war dieser Graue Meister eigentlich auch keine Ausnahme. Er war in ein langes, dunkles Gewand gehüllt. Seine langen, runenbesetzten Ärmel steckten in einem zweiten Paar Ärmel, die weiter waren und ihm nur bis zum Ellbogen reichten. An drei eng um seine

Taille geschnallten Gürteln hingen zwei Beutel. Sein Kopf war ein grässlicher Anblick. Er wirkte als würde sein nackter Schädel mit Pech bestrichen worden sein. Erregte ihn eines der vielen Themen, die hier mit ihm besprochen wurden, so glühten in den ebenso schwarzen Augenhöhlen zwei glutrote Punkte an der Stelle seiner Augen auf. Der Blutmeister ließ sich mit Cevarius Setech Netecthul ansprechen.

Cevarius, so erklärte mir Herr Chemeth ebenso, war einst der Titel für die rechte Hand von Septevarius selbst gewesen. Er hätte also ebenso ein Wiedergänger sein können, der sich seiner Titel aus seinem ersten Leben bediente. Doch der Samophag fehlte hier gänzlich. Ebenso wirkte er nicht mumienhaft, obwohl eigentlich gar nichts von ihm zu erkennen war. Die Gewandung bedeckte ihn vollständig, seine Hände verbargen Handschuhe und sein Kopf war von ebendiesem schrecklichen schwarzen Ölfilm verdeckt.

Ihn begleitete sein einziger Leibdiener, ein Junge von wohl zwölf Jahren mit kurzem dunklem Haar. Er trug ein einfaches, knielanges Gewand aus hellem

Stoff mit langen Ärmeln und einer aus Leder gefertigten, aber reich verzierten Weste. Ebenso trug er zwei Gürtel, an denen verschiedene Beutel befestigt hingen. Er stand stets an der Seite seines Herrn und machte auf mich einen entspannten und ruhigen, ja sogar irgendwie erhabenen Eindruck, dass ich dieses Bild nur als entrückt bezeichnen kann. Es schien als könne ihn absolut gar nichts aus der Ruhe bringen. Ihm war es sogar gestattet bei den Hohen Herren zu sitzen und von den angebotenen Speisen zu nehmen. Auf dem Hintergrund wer und was sein Herr war, wurde sein gesellschaftlicher Fehltritt wohl mehr geduldet als respektiert. Später sollte ich erfahren, dass man auf diesen Fehltritt aus purer Angst nicht reagiert hatte. Offen blieb dabei, ob dies aus der Angst geschah, dass er es gewagt hatte den Grauen Gott offen beim Namen anzurufen oder man ihn vielleicht doch aufgrund dieses unaussprechlich gewaltigen Opfers für den Blutgott Corocuthlec an dessen Altarpyramide fürchtete. Der Anblick muss selbst den ältesten Septevaren, Hohepriestern und

Konservatoren ein namenloses Entsetzen abverlangt haben.

Mein Herr verbrachte nun die meiste Zeit bei diesem Blutmeister und traf sich mit diesem Schrecklichen entweder im Haus des Torn, im Palast des Kultes oder in der Großen Zitadelle. Wie ich nur vereinzelt im Haus von Torn mitbekam, beriet und diskutierte er irgendein Omen aus dem Osten, das den Wiedergang von Septevarius selbst verkündet hatte. Ich verstand nichts von diesen Dingen und Herr Chemeth riet mir auch eindringlich davon ab zu viel Neugierde zu zeigen.

Nach einem ganzen Mondzyklus erst entschied sich Cevarius Setech Netecthul die Stadt wieder zu verlassen und nach Mophobam im Westen zu reisen. Er sollte aber nicht alleine reisen, denn mein Herr bot sich an ihn zu begleiten. Während der Gespräche zur Reisevorbereitung hatte ich Gelegenheit mit dem Leibdiener des Grauen Meisters zu sprechen. Sein Name war Amon und sein Gemüt war von solch immenser Ruhe, dass er auf mich zuweilen den Eindruck machte zu viel Mohnsaft eingenommen zu haben. Er wirkte auf mich wie ein weiser alter Mann, den kein Wässerchen trüben konnte. Dennoch machte er mir unmissverständlich klar, dass sein Herr meinem Herrn weit überlegen war. Er sprach in einem ruhigen Moment mit mir, ohne dass einer der anderen Diener etwas davon mitbekam. Dabei waren seine Worte galant und höflich.

«Ich will es dir einmal so erklären: Mein Herr erlaubt deinem Herrn in seiner Gegenwart reisen zu dürfen. Das klingt in deinen Ohren erst einmal überheblich und anmaßend, trotz der Ereignisse auf dem Bleichen Platz von denen du vielleicht gehört hast. Mein Herr nennt jedoch eine Macht sein eigen, die jedes Wesen dieser Welt in seinen Augen zu einem Insekt unter seinem Fuß macht. Sei es ein Mann so stark wie ein Bulle. Ein König der über die gesamte Welt herrscht oder eben ein weit über zehn mal zehn Jahre alter Blutritter des Dorn, der durch die Macht des Allgottes Corocuthlec und dem beherzten Griff seines Hohepriesters in den Mahlstrom der Unterwelt zum Wiedergang gebracht wurde. Das alles verblasst vor der Macht dieses Gewaltigen, der ganze Armeen mit der einfachen Geste zerstiebt, die es braucht um eine lästige Fliege zu verscheuchen.» Die anderen Diener taten diese Worte natürlich als übertriebenes Geschwätz ab, als ich ihnen davon berichtete. Doch etwas in Amons Augen und in seinem Tonfall überzeugten mich ihm Glauben zu schenken. Zu wissen, dass es solche Wesenheiten auf unsere Welt gab, brachte mich bis zu unserer Abreise um den nächtlichen Schlaf.

Am folgenden Tag ließen wir Askésa hinter uns und zogen durch den Dschungel nach Westen. Neben seiner Leibwache zog ebenso ein großer Tross Sklaven und Dienern mit uns nach Mophobam. Offensichtlich hatte unser Herr nicht nur vor den Grauen Meister zu begleiten, sondern musste einen längeren Aufenthalt am Bestimmungsort planen. Herr Chemeth als Vorsteher des Siegels und natürlich auch ich mussten unsere Sachen für die Reise packen. Ein weiteres Indiz zu meiner Annahme war die schlichte Tatsache, dass Herr Chemeth einen nicht unerheblichen Teil des persönlichen Schatzhauses des Kultes zum Transport vorbereiten ließ. Es begleiteten uns weiter die Hofbeamten, Verwalter und Komturen, Kammer- und Leibdiener, Dienstboten, Handwerker, weitere Schreiber, Lehrer, Astrologen, Priester, Dichter, Musikanten, Sänger, Tänzer, Bäcker, Köche und eine unzählbare Menge an Sklaven. Sogar die jüngsten Diener wurden mitgenommen.

Unter diesen Dienern war auch Capia, sie war vielleicht siebzehn Jahre alt. Sie hatte eine helle Haut, was sie in Haeresien zu einer gewissen Rarität machte. Ihr dunkles Haar war kurz gehalten, ihre Augen strahlten blau wie Saphire. Capia war von begehrenswerter Schönheit und Eleganz. Sie gehörte jedoch Herrn Tat Aros. Sich an dem Eigentum eines Septevaren zu vergreifen hatte noch nie für die Beteiligten gut geendet. Niemand wagte sich also an dieses hübsche Täubchen heran, da sie eben dieser unsichtbare Mantel der Unantastbarkeit umfing. Der Reiz des Verbotenen, so nannte es mein Herr Chemeth stets, wenn lüsterne Blicke auf ihrer pfirsichweichen Haut ruhten. Bandelte ein Unachtsamer mit ihr an, so zeigte sie ihm ihre Halskette mit dem Totenkopf. Das Zeichen, dass sie das Eigentum eines Septevaren war. Die meisten waren dann vernünftig genug sie in Ruhe zu lassen und Abstand zu gewinnen. Manchen Eifrigen aber mussten erst die Salveten gewaltsam von ihr entfernen. Sie kannte ihre Stellung in diesem Liebesspiel, war jedoch von so gutmütigem Wesen, dass sie diesen Umstand niemals auszunutzen suchte. Sie war Vorbild und lehrte die jungen Kammerdienerinnen und Kammerdiener von Herrn Tat Aros in Verhalten und Umgangsformen. Die praktisch unsterblichen Wiedergänger hielten sich in der Regel mehrere Generationen an Dienern in ihren Haushalten und Gefolgen. Sie legten Wert auf Beständigkeit und so gab eine Generation ihre Arbeit an die nächste weiter. Die jungen Diener sahen voller Bewunderung zu Capia auf. Sie war ihnen Mutter und große Schwester zugleich. Und doch hatte sie zuletzt Mühe gehabt. Denn die Scharr Kinder hatte bei den Treffen zwischen Meister Setech und unserem Herrn in dessen Anwesen öfters die Gelegenheit gehabt zu beobachten, dass Setech mit seinem Leibdiener einen etwas anderen

Umgang pflegte, als sie es selbst gewohnt waren. In den kleinen Gesichtern stand oftmals deutlich die Überraschung und Verwunderung geschrieben. Sie waren gar nicht mit Amons Art zu Dienen einverstanden, die er präsentierte. Ich verstand ihren Groll, denn ich vertrat die gleiche Meinung. Es widersprach so ziemlich allem, was ich in meinem Leben als Diener gelernt hatte. Unser Missfallen wuchs, wenn Amons Verhalten gegenüber seinem Herrn von diesen toleriert und ja sogar gefordert wurde. Amon schien es teilweise zu amüsieren, dass wir uns so schwer damit taten dies zu akzeptieren. Capia hingegen hatte viel Mühe aufbringen müssen, um ihren Zöglingen klar zu machen, dass Amons Verhalten nicht der Maßstab ihres Lernens und Handelns sein durfte. Nun auf unserer Reise fiel es ihr wieder etwas leichter, da dieses seltsame Paar meist an der Spitze des Zuges bei unserem Herrn verweilte.

Während sich unser langer Zug quälend langsam über die Hohlwege durch den dichten Dschungel vorschob, zog es Amon aus scheinbar schierer Langeweile zu uns anderen Dienern hin. Er unterhielt sich mit so ziemlich jedem Diener, der nicht nach einem einfachen Sklaven aussah. Mehrmals unterhielt er sich mit meinem Herrn Chemeth. Sie sprachen über die Verwaltung der Geldmittel ihrer Herren, ohne dabei jemals auch nur ein einziges Mal über Summen oder deren Quellen zu sprechen. Mit mir tauschte er tatsächlich nur Blicke aus, während er mit meinem Herrn sprach.

Ich bemerkte wie er auch mit Capia das Gespräch suchte. Sie ging hinter der kleinen Gruppe junger Dienerinnen und Diener und beobachtete sie. Mehrere Salveten wanderten zu beiden Seiten, um das Grüppchen beisammen zu halten. Amon ging über mehrere Tage hinweg neben ihr her und wartete geduldig auf irgendetwas. So dauerte es immer eine halbe Stunde und er ließ sich weiter zurück fallen und begann das Gespräch mit einem anderen. Am vierten Tag aber sollte ich bemerken worauf er regelmäßig wartete. Denn Capia wagte es nun zum ersten Mal das Wort an ihn zu richten. Ich sah wie sie vorsichtig zu ihm blickte und ihn ansprach

«Herr, gestattete Ihr mir das Wort an Euch zu richten?» Fragte sie ihn schließlich so leise, dass ich es fast überhört hätte. Er sah sie nicht an und nickte nur ganz leicht. Sie traute sich nun diese Frage zu stellen, die auch mir schon lange auf der Zunge brannte, ich aber bislang nicht gewagt hatte zu stellen.

«Wie kommt es, dass Ihr Eurem Herrn Setech so anders dient als es die Diener der anderen Septevaren gewöhnlich tun?» Er sah sie nun mit einem nachdenklichen Blick an.

«Mein Herr Setech ist Keiner unter Vielen. Er ist der Erste unter Gleichen. Ich diene ihm wie es ihm gefällt und mir Unversehrtheit sichert.» Das war das einzige Gespräch an diesem Tag zwischen den beiden. Er suchte in den nächsten Tagen danach weitere Gespräche mit den anderen Dienern und wanderte so den gesamten Tross rauf und runter. Ich war mir nicht sicher, denn es hatte für mich irgendwie den Anschein, dass ihn ein besonderes Interesse an der schönen Capia immer wieder zu ihr hinzog. Wie ich bereits erwähnt habe war dieses Verhalten ihr gegenüber nicht selten zu beobachten. Ich dachte mir zunächst auch nichts dabei. Ein Junge in seinem Alter war aus Sicht der Salveten und auch mir kein Grund genauer hinzusehen, wenn er Zeit mit Capia verbrachte. Dennoch, auch wenn ich es nicht beweisen oder belegen konnte, störte mich irgendetwas an seinem Verhalten. Es kam mir so vor als würde er sehr darauf bedacht sein, dass man ihm nicht argwöhnen würde. Uns anderen war klar, egal wer Interesse an der schönen Dienerin mit saphirblauen Augen zeigte, dem drohte Ungemach.

Am nächsten Tag durchliefen die beiden das gleiche Prozedere; Zuerst gingen sie eine Weile schweigend nebeneinander her als würden sie sich gar nicht wahrnehmen. Diesmal ergriff er die Initiative und sah sie über längere Zeit ernst an. Er musterte sie von der Seite und wartete darauf, dass sie darauf reagierte. Doch das tat sie nicht. Ihr merkliches Unbehagen war dabei kaum zu übersehen.

«Du besitzt eine scharfe Beobachtungsgabe. Das ist für die Dienerin eines Septevaren die wichtigste

Fähigkeit zum Überleben», sagte er bloß, ohne sie nun weiter anzusehen.

«Was meint Ihr, Herr?» fragte sie ihn mit deutlicher Zurückhaltung. Er ließ sich etwas Zeit darauf zu antworten.

«Du sprichst mich mit Herr an, obwohl wir beide Diener sind. Wie kommt das?» Fragte er sie schließlich. Sie deutete auf seinen Brustkorb.

«Eure Halskette, sie hat zwölf Reihen und trägt einen kristallenen Schädel.» Unterbewusst wanderte mein Blick auf die Halskette. Er hatte seine Hand auf die Kette gelegt und sah zu ihr.

«Der Schädel an meiner Halskette ist das Zeichen das Eigentum eines Septevaren zu sein. Ein solches Zeichen trägst auch du. Der Anhänger ist aus Kristall gefertigt, als Zeichen einem Grauen Meister zu dienen und zu gehören.»

«Aber nicht mit zwölf Reihen», platzte es aus ihr heraus. Sie bemerkte ihr belehrendes Verhalten und schwieg. Er signalisierte ihr mit einer einladenden Handgeste fortzufahren. Sie zögerte zuerst, sprach dann aber

«Der einfache Diener trägt ein solches Zeichen an einer einfachen Eisenkette. Die Zahl der Reihen einer solchen Kette verrät die Position des Dieners zu seinem Herrn. Da ich nur drei Kettenreihen trage, steht Ihr im Rang deutlich über mir.» Leiser fügte sie an «Jedoch kenne ich nur zehn Reihen als Rang für den Ersten Leibdiener eines Septevaren.»

Ich dachte über ihre Worte nach und musste ihr Recht geben. Die Erklärung, die Amon zu diesem Fingerzeig gab machte mich erst nur stutzig.

«Was du sagst ist alles richtig. Früher, unter Septevarius selbst, gab es jedoch noch zwölf Ränge für die Diener eines Septevaren. Doch muss ich gestehen, dass auch ich noch nicht so lange lebe, um mehr als das zu wissen. Ich erhielt meine Kette durch meinen Herrn Setech. Seine Pfade jedoch erschließen sich nur ihm, wenn es ihm nicht gefällt sie anderen preiszugeben.»

Sie blickte Amon nun mit großen Augen an und sprach die Frage aus, die auch mir gerade in den Sinn kam «Wie alt seid Ihr, Herr?» Er schmunzelte daraufhin katzenhaft und nickte wohlwollend, als würde er sie in einer richtigen Reaktion bestätigen. Mit der nun folgenden Antwort allerdings hatten wir beide nicht gerechnet. War ich schon von Amons Ausführung um die Macht seines Herrn bis ins Mark erschüttert gewesen, so spürte ich wie meine mir bekannte Welt für einen kurzen Augenblick aus den Fugen geriet und mir sogar die Knie weich werden ließen.

«Gedient habe ich seit ich denken kann. Meinen Dienst an Herrn Setech trat ich im Alter von zwölf Jahren an. Ich diene ihm dabei seit nunmehr als einem halben Jahrhundert. » Seine Worte hatten ihre Wirkung nicht verfehlt. Capia blieb ungläubig stehen. Ihr Blick blieb so irritiert, wie er entsetzt war, sodass er sie zu beruhigen versuchte. Ich war ebenso wie sie darüber verwundert. Ich ließ mir nichts anmerken, auch wenn mich das gleiche Entsetzen gepackt hielt.

«Meister Setech gefiel es meinen Körper und mein Fleisch nicht weiter altern zu lassen. Es war mir einerseits früh die Lehre, dass er über andere Mächte als ein einfacher Blutmeister verfügte. Ande-

rerseits ist er zu bequem seine Beständigkeit alle
paar Jahrzehnte mit neuen, jüngeren Dienern aufzu-
geben und sie nach seinen Wünschen formen zu
müssen. Er hasst es Dinge erklären zu müssen, die er
für selbstverständlich erachtet.» Amon lächelte ihr
freundlich zu und kehrte an die Seite seines Herrn
im vorderen Teil unseres Zuges zurück. Er war wohl
der Meinung, dies seien genug Informationen für
einen Tag gewesen und bei allen Göttern das war es
auch. Capia, wie auch ich blieben mit blutleeren
Gesichtern und einem unguten Gefühl zurück.

Der Inhalt dieser Unterhaltung verbreitete sich
schon in kürzester Zeit unter den Dienern. Nicht
durch mich. Meine Lippen blieben über dieses Gespräch versiegelt. Diese scheinbare Wahrheit saß zu
tief auf meinem Gemüt. Ich erinnerte mich in dem
Moment an Amons Behauptung, sein Herr wäre
mächtiger als mein Herr Tat Aros. Welche Mächte er
wohl noch besitzen musste, das wollte ich mir gar
nicht vorstellen. Wie ein grauenerregendes Raunen
schlich diese bloße Andeutung seiner Macht durch
den Tross der Diener bis an seine Spitze. Amon ge-

noss nun einen wesentlich größeren Respekt unter den Dienern und ja sogar den Salveten.

Einer unter den Dienern meines Herrn ließ sich davon aber nicht beeindrucken und blieb so eigensinnig wie immer. Es war Melias, der derzeitige Leibdiener von unserem Herrn Tat Aros Höchstselbst. Ich war nicht der Einzige, der ihn für einen Wichtigtuer und Angeber hielt. Solche wie ihn sah ich schon allzu oft. So schnell ihr Stern in der Dienerschaft emporstieg, so rasch verschwand er auch wieder am dunklen Nachthimmel. Sie sahen ihre herausgehobene Rolle und Position als Leibdiener des Hohen Herrn weit über die der anderen Diener des Haushaltes. Dabei übersahen sie stets ihren Wert und Bedeutung für ihren Herrn. Denn ein Septevar, unabhängig von Kult, Stand oder Macht hatte einen zuweilen sehr hohen Verschleiß an Leibdienern. Sie mussten für alles Mögliche den Kopf hinhalten. Darunter galten Fehler der Dienerschaft die zu einer Bloßstellung ihres Herrn führten, Diener die fortliefen, mangelnde Disziplin, ein verschütteter Becher oder ein unzufriedener Gast ihres Hauses. Andererseits reicht es auch einfach nur zur falschen Zeit am falschen Ort zu sein. Einem Septevar mit schlechter Laune sollte man stets aus dem Weg gehen. Der Leibdiener war stets dort, wo der Leib seines Herrn war. War nichts anderes in der Nähe an dem er den Zorn seiner wechselhaften Laune auslassen konnte, so musste halt der eigene Besitz herhalten. Melias wollte das Alter von Amon nicht so recht glauben, auch wenn er dabei der einzige blieb. Er behauptete das Gespräch zwischen meinem und Amons Herrn mit angehört zu haben. Den anderen Dienern und mir fehlten aus diesem besagten Gespräch der genaue Wortlaut von Herrn Setech in seiner Erklärung gegenüber unserem Herrn. Wir waren also auf die oberflächlichen Aussagen von Melias in diesem Punkt angewiesen. Es wäre dabei aber auch nicht das erste Mal, dass er sich alles so zu Recht legte, wie er es gerade brauchte. Es war daher kaum verwunderlich, dass niemand etwas auf seine Behauptungen gab und ihn in seiner Prahlerei ignorierte. Und auch wenn einige von uns Amons Erzählung als die übliche Übertreibung eines Dieners für seinen Herrn abtun wollte, schwebte eine offene Ungewissheit immer mit.

Melias blieb in dieser Angelegenheit gewohnt stur. Er forderte Amon bei jeder sich nur bietenden Gelegenheit zum Wettstreit heraus, um zu beweisen wer der bessere Diener sei. Ihm schien von Anfang an ein Dorn im Auge zu sein, dass Amon durch seinen Herrn Privilegien genoss, die er nie erfahren würde.

Es war der Abend vor der letzten Tagesreise nach Mophobam. Wir rasteten am Rand des Farmlandes zur großen Stadt in einem vorgelagerten Handelsposten. Es war ein an sich großer, ummauerter Hof mit wenigen Gebäuden, die den Hohen Herren für die Nacht zur Verfügung standen. Wir Diener schliefen draußen im Innenhof unter freiem Himmel. Amon hingegen wurde durch seinen Herrn eine Schlafstatt unter einem der Wandelgänge auf eine mit Lederriemen bespannten Holzrahmen zuteil. Während die Hohen Herren auf der Terrasse über uns saßen und den Abend verbrachten, saßen wir für unsere Verhältnisse recht angenehm an mehreren kleinen Feuerstätten und aßen unser Abendmahl. Nachdem sich Amon versichert hatte, dass es seinem Herrn an nichts fehlte und er ihn für die Nacht entlassen hatte, setzte er sich nun ebenfalls zum Essen zu uns. Amon hatte sich mein Lagerfeuer ausgesucht. Die anderen Diener machten ihm sofort Platz und boten im Speise und Trank, welche er dankend annahm. Capia saß unweit am selben Lagerfeuer. Ihr schönes Gesicht war von dem Feuer vor uns in einen angenehmen, orangeroten Schein geworfen. Sie beaufsichtigte die Jüngeren und belehrte sie nicht zu laut zu sein, dass sie die Hohen Herren nicht stören würden. Die Stimmung im Hof und an den Lagerfeuern war ausgelassen, aber auf die nötige Ruhe bedacht. Nachdem die Mädchen und Jungen von Capia zur Nachtruhe gebracht worden waren, setzte sie sich wieder ans Feuer und schien ebenso die eingetretene Stille zu genießen. Vor uns knisterte leise das zu einer tiefroten Glut zusammengesunkene Feuer und wir sahen unsere Gesichter und Körper nur noch schemenhaft. Amon lehnte sich weiter zurück und tauchte so in die obsidianfarbene

Schwärze dieser bewölkten Nacht. An den vergangenen Tagen unserer Reise war ich bemüht gewesen Amon nicht allzu sehr anzustarren, um nicht unnötige Aufmerksamkeit auf mich zu ziehen. Ich beobachtete im Verborgenen das scheinbar heimliche Interesse von ihm an Capia. Ich wagte aber nicht es bei irgendjemand anzusprechen. Welche Folgen dieses vielleicht nur falsch interpretierte Interesse bergen könnte, konnte ich mit meinem kleinen Verstand nicht einmal erträumen. Er hatte es bislang vermieden aufzufallen. Darum war auch mir daran gelegen, dass dieser mögliche Konflikt nicht ausbrach. Dennoch spürte ich etwas Bedrohliches in der Luft. Im Schutz der Dunkelheit gab Amon seine Wachsamkeit auf. Vielleicht lag es auch nur an dem anstrengenden Tagesmarsch. Er beobachtete Capia nun direkter. Ihre Aufmerksamkeit dagegen lag bei der schwindenden Glut mit der sie noch einige letzte Maisfladen backte. Selbst beim Kochen war sie wunderschön. Ihre saphirblauen Augen leuchteten violett in der heißen Glut. Ich bin auch nur ein einfacher Mann und meinen Trieben verfallen. Zu meinem Glück ist mein Überlebenstrieb immer noch stärker, als mein Fleisch. Ich konnte nachvollziehen was Amon an ihr fand. Es war ein faszinierendes Wechselspiel zwischen Licht und Schatten auf den ahnungsvoll angedeuteten Körper der jungen Frau zu sehen. Ich war nie verliebt gewesen und doch glaubte ich in diesem Moment, dass sich Liebe so anfühlen musste. Gleichermaßen rief ich mir die Unmöglichkeit dieser Verbindung in Gedanken, um mich nicht zu sehr in Sehnsüchte zu verlieren. Ich wollte, dieser Moment würde ewig andauern. So musste auch Amon empfunden haben, denn ich sah im Zwielicht sein entspanntes Gesicht und den sehn-suchtsvollen Blick. Ich wusste das Amons Schicksal in meinen Händen lag. Ich redete mir ein, dass ich ihm gerade erlauben würde diese verbotene Frucht zu betrachten. Von ihr zu Kosten war etwas anderes. Meine Großzügigkeit verlieh mir ein Gefühl mehr als nur ein Diener unter Dienern zu sein. Ich fühlte mich wie ein Herrscher der ihm diese kleine, harm-lose Freude gestatte.

Es war Melias, der uns beide in unseren wunderbaren Träumen störte. Er trat zu uns ans Feuer mit einer kleinen Öllampe in der Hand. Der Schein des Lämpchens war unbarmherzig grell gegenüber der weichen, entspannten Dunkelheit, die unsere Augen inzwischen gewöhnt waren. Bevor Amon das Licht enttarnte, verharrte er in einer zurückgelehnten Position und stützte sich weiter nach hinten gelehnt auf seine Hände. Seine Augen hatte er rasch geschlossen. Er tat so als würde er müde vor sich hin dämmern. Als er den Schein der Lampe durch seine Augenlider auf sich wusste, öffnete er sie langsam und sah das halbseitig beschienene Gesicht von Melias. Der musterte Amon streng und danach auch mich, als wollte er etwas in unserem Gebaren erkennen, dass er gegen Amon nutzen konnte.

«Was machst du noch hier?» Fragte er ihn schließlich und sah ihn immer noch mit scharfen Augen an.

«Ich genieße die letzten Momente des warmen Feuers, ehe ich mich gleich zur Ruhe bette», entgegnete er gelassen wie immer. Mit der flachen Hand schonte er seine Augen «und jetzt nimmst du endlich die Lampe aus meinen Augen», befahl er Melias in gebotener Strenge. Demonstrativ hielt dieser die Lampe noch einmal näher an Amons Gesicht. Amon reagiert entsprechend streng darauf «Wer hat dich eigentlich nicht genug geschlagen, dass du Ungehorsam überhaupt kennst?» rief er ihn nun ernst, aber leise. Mir zog sich bei diesen Worten sofort der Magen zusammen und im Augenwinkel sah ich auch Capia, wie sie besorgt dreinblickte. Melias war solchen Umgang überhaupt nicht gewohnt, denn jeder der anderen Diener hatte ihm Respekt zu zollen.

«Ich bin der Leibdiener des großen Tat Aros,» rief er laut. Ich spürte die Blicke der anderen Diener auf uns liegen «Wie kannst du es wagen mir Befehle erteilen zu wollen?» Melias Stimme war aufgeregt und schrill. Er schritt demonstrativ um Amon herum. Der blieb sitzen und folgte ihm nicht. Sein Blick lag streng auf Capia, die uns drei Männer besorgt ansah. Sie versuchte sich mit den dünnen Maisfladen abzulenken und nicht aufzufallen.

«Du bist ein Störenfried und kein Leibdiener», entgegnete Amon schließlich ruhig «Ein Leibdiener kümmert sich um das Wohl von Körper und Geist seines Herrn. Er weicht nur dann von seiner Seite, wenn er seinen Auftrag erfüllt hat und von seinem Herrn entlassen wurde. Wo warst du heute Abend? Ich habe dich nicht an der Seite deines Herrn und Meisters gesehen. Ich sehe dich alle Tage immer bloß prahlend und protzend im Glanz und Ansehen deines Herrn wie ein eitler Pfau stolzieren. Erweise deinem Herrn Ehre und zeige Dankbarkeit, denn seiner Laune alleine hast du es zu verdanken, dass Herr Tat Aros dich noch nicht zertreten hat.» Melias sah ihn schockiert von dieser unerwartet harschen Anfeindung mit weit aufgerissenen Augen an. Er schien jeden Moment zu platzen. Amon legte sogleich nach «Und wage es nie wieder die Stimme gegen mich zu erheben. Ich bin der Diener und das Eigentum von Cevarius Setech Netecthul. Er hat schon Septevaren gerichtet, da wandelte der Große Septevarius noch in Fleisch und Blut auf dieser Welt.» Melias hatte seine Stimme wiedergefunden und stritt nun mit Amon über das Ansehen und die Macht unseres Herrn.

«Dein Meister vermag meinen Herrn Tat Aros niemals zu übermögen. Herr Tat Aros ist der Erste nach Großherrn Dorn selbst gewesen. Keiner vermochte ihn im Leben zu besiegen und so auch nicht in seinem zweiten Leben. Er selbst musste die Klinge führen, die sein erstes Leben für den Wiedergang beendete.» Amon war nun aufgestanden und machte einen Schritt auf Melias zu. Er blickte zu dem einhalb Köpfe größeren Melias hoch.

«Dein so hoch gepriesener Großherr Dorn wurde von Meister Setech für seine Dekadenz und die Schande im Westen hingerichtet. Er trägt heute noch den Schädel von Dorn als Trophäe und Beweis bei sich.» Amon deutete dabei mit dem Arm hinter sich auf die Terrasse, wo sein Meister verweilte «Er ist die fleischgewordene, unerbittliche Rache von Septevarius selbst.» Ich sah vorbei an den beiden Streitenden und hinauf zu der Brüstung, wo die Silhouette des Blutmeisters in Form seines Schattens an die Wand geworfen wurde. Melias folgte meinem Blick unwillkürlich und entdeckte ebenso Meister Setech, der nun an das Geländer getreten war und sich daran anlehnte. Sein Rücken zeigte zu uns, während er in sachten Gesten sein Gespräch mit Herrn Tat Aros untermalte. Auf seinem Hinterkopf jedoch starrten seine glutroten Augen auf uns herab. Sie waren in Zorn geworfen und glühten aus einem inneren, goldenen Schein heraus, wie zwei Fixsterne am Nachthimmel. Ich spürte ein ungekanntes Brennen unter meiner Haut und wusste sofort, dass er seine Blutmacht auf uns einwirkte. Die kleine Flamme der Öllampe sprang zitternd in der bebenden Hand von Melias und lenkte meine Aufmerksamkeit auf ihn. Ich sah zu ihm und bemerkte wie totenblass er geworden war. Amon hingegen stand nur mit ernst gesenktem Kopf da und verneigte sich in Richtung seines Herrn, um sich für sein Tun zu entschuldigen. Die Augen des Blutmeisters erloschen wieder in der Finsternis. Mein Magen drehte sich und mir wurde speiübel. Ich hatte das Gefühl gerade so mit dem Leben davon gekommen zu sein. Als drohte mich etwas zu zerquetschen oder zu zerreißen.

Amon wandte sich daraufhin mit gesenktem Haupt und gesenkter Stimme wieder Melias zu «Für dich ist das hier ein Wettstreit oder schlimmer noch; Ein Spiel! Es bereitet dir Vergnügen», zischte er «Doch du hast den Ernst darin noch nicht verstanden. Im Gegensatz zu dir erwartet mich ein weitaus grausameres Schicksal, sollte es meinem Herrn Setech gefallen, dass er meiner überdrüssig wird oder wahrhaftig zürnen muss.» Melias sah ihn fassungslos an, doch an seiner Miene erkannte ich, dass er eine Ahnung gewonnen hatte wovon er sprach «Was kann dir Herr Tat Aros antun?» fragte er ihn demonstrativ und antwortete ihm selbst «Er kann dich wie eine reife Frucht in seiner Hand zerquetschen.» Er warf ihm eine Orange gegen die Brust, die er verschreckt auffing «Wenn es ihm gefällt dann schlägt er dich einfach zu blutigem Brei oder reißt dir, wie einer Fliege, alle Gliedmaßen einzeln aus.» Er schritt ruhig um ihn und sammelte seine Sachen am Lagerfeuer auf «Kurz gesagt: Er kann dich einfach nur töten.» Melias verschränkte nun seinerseits die Arme und sah lauernd drein. Ich traute mich ihn nun meinerseits zu fragen

«Was kann dein Herr dir antun?» Amon blickte zu mir. Er sah mich an als würde er mich gerade zum ersten Mal überhaupt wahrnehmen. Sein für einen Augenblick furioser Blick schmolz wieder zu einer ernsten Miene.

«Ein Sprichwort für die Grausamkeit der Blutmeister besagt: Ein Blutritter tötet dich, ein Blutmeister lässt dich sterben.» Seine Stimme hatte etwas Kaltes und Gefühlloses angenommen.

«Pah», rief nun Melias «das ist doch kein Unterschied! Töten oder Sterben, am Ende steht immer der Tod. Spiel dich hier nicht so auf», warf er beleidigt ein. Amon sah ihn erneut mit furiosem Blick an. Er schien wütend darüber zu sein, dass sein Gegenüber die Bedeutung seiner Aussage nicht verstand.

«Du hast mich nicht ausreden lassen», warf er ihm vor «Ein anderes, wesentlich selteneres Sprichwort besagt: Ein Blutritter tötet dich nur einmal, ein Blutmeister hundertmal.» Er dämpfte seine Stimme als würde er nun ein Geheimnis preisgeben «Ein

Grauer Meister jedoch lässt dich für alle Ewigkeit sterben.» Mit diesen Worten entfernte er sich langsam von unserem Lagerfeuer. Doch Melias stellte ihm immer noch nach und folgte ihm. Ich folgte ihnen ebenso, um weiteren Streit zwischen den beiden zu verhindern. An seinem Nachtlager angekommen sah Amon ernst zu Melias auf. Ich stand nur schweigend daneben, denn mein zuvor gewonnener Mut hatte mich schon wieder verlassen. Amon sprach mit einer sehr stark gedämpften Stimme «Davon einmal abgesehen beschreitet Meister Setech den Goldenen Pfad. Mir ist bekannt, dass behauptet wird dieser Septevarenherr Isara sei der erste nach Septevarius selbst gewesen. Doch das ist schlichtweg falsch! Meister Setech beschritt schon zu Lebzeiten den Goldenen Pfad und wurde von Septevarius selbst darin unterrichtet.» Amon sah nun Melias aufmerksamer an «Du hast keine Ahnung was der Goldene Pfad ist», stellte er für sich selbst fest und ließ ein amüsiertes Lächeln darüber sehen «Der Goldene Pfad ist der höchste Grad der Blutsmagie. Die Blutmacht an sich ist unsichtbar. Der Goldene Pfad jedoch konzentriert diese Macht so stark, dass sie als ein goldener Schein für das bloße Auge sichtbar wird. Außerdem vermag sie einen schwächeren Anwender der Blutsmagie zu übermögen. Würde dein Herr Tat Aros sich mit meinen Herrn messen, so wäre dein Herr das Sandkorn, das versucht einen reißenden Fluss umzuleiten.»

«Das kann jeder behaupten», warf Melias ihm lauthals an den Kopf, was mich zusammen schrecken ließ, da ich befürchtete die Hohen Herren hätten uns gehört. Umso entsetzter war ich, als Amon nun sagte «Du weißt schon, dass er dich hören kann? Er kann deine Stimme hören. Nicht mit den Ohren, sondern indem er deinen Mund durch seine Macht wahrnimmt. Er kann zu dir sprechen, ohne auch nur einen Ton zu sagen. Er vermag dich sogar Dinge sehen zu lassen, die gar nicht wahrhaftig sind.» Amon deutete schließlich nach oben und beobachtete Melias Blick, der seinem Fingerzeig nur zögerlich folgte, genau wie ich es tat. Als wir in die Finsternis des Deckengewölbes sahen, da sank Melias zu Tode erschrocken auf die Knie und auch mir schwankten

die Beine. Über uns starrten erneut die blutroten
Augen von Meister Setech hinab. Sein fratzenhafter
Mund war dabei zu einem lodernden Höllenschlund
verzerrt. Wir hörten seine grauenvolle Stimme in
den eigenen Ohren pulsieren

«Wagt es noch einmal so ereifernd über unsere
Person zu reden oder auch nur falsch von uns zu
denken, wird es den Zorn Delethuls zu spüren bekommen. Es gehorcht oder es wird für immer sterben!» Die Fratze erlosch wieder in der Finsternis.
Melias und auch ich standen minutenlang erstarrt
da. Wir konnten nicht glauben was wir gesehen und
gehört hatten. Wahrhaftig sprach dieser Wahnsinnige den Namen des Grauen Gottes aus, als sei es ein
ganz gewöhnlicher Name. Ich hatte das Gefühl ich
dürfe mich nicht bewegen, da diese fürchterliche
Stimme wie messerscharfe Obsidiansplitter in meinem Fleisch lagen und jede Bewegung Schmerzen
brachte. Amon hingegen lag unbekümmert und
desinteressiert von unserer Reaktion auf seiner
Schlafstatt und schloss die Augen.

Ich wankte fort von dem Haus und legte mich schlafen. Auch wenn ich zu Tode erschrocken war und mein Herz immer noch raste, fand ich in einen ruhelosen, albtraumbehafteten Schlaf.

Weit vor Sonnenaufgang war ich nach einem Albtraum, in dem mich diese fürchterlichen, blutgierigen Augen von Meister Setech verfolgten, erwacht. Aus Angst schloss ich meine Augen nicht mehr und beobachtete den inzwischen klaren Himmel dabei, wie die wieder erstarkende Sonnenscheibe von Pixepotec die Sterne der Göttin Auxcdaxi verdrängte. Als das Leben um mich herum langsam erwachte, stand auch ich auf und machte mich fertig. Aufgrund der Entfernung zur Terrasse, wo die beiden Septevaren gestern Nacht noch sprachen, konnte ich erkennen, dass sie sich dort immer noch aufhielten und ihr Gespräch führten. Herr Chemeth berichtete mir auf mein Starren, dass beide dem Kult der Wiedergänger angehörten und so waren solche profane Dinge wie Schlaf, Essen oder Trinken in ihrer Ebene der Existenz überflüssig geworden. Meister Setech stand immer noch bequem gegen die Brüstung der Terrasse gelehnt. Ich bemerkte Amon, der schon längst reisefertig war und die Stufen zur Terrasse erklommen hatte. Bei den wenigen Malen, wo ich ihn bei unserer nächtlichen Rast sah, war er nicht so früh auf den Beinen. Mir schien, ihm war es jedoch ein unbedingtes Bedürfnis Herrn Tat Aros die Unfähigkeit seines eigenen Leibdieners aufzuzeigen. Die beiden Wiedergänger unterhielten sich stumm, sodass keiner ihr Gespräch hören konnte. Sie sprachen noch bis die Sonne das in der Nähe bereits aufragende Gebirge glutrot erleuchtete. Da der Urwald um unsere Herberge schon nach kaum zehn Schritten aufragte, würde es erst im Mittag hell genug sein, den Vorplatz zu beleuchten. Im Hof regte sich aber bereits das Leben. Die Dienerschaft, wie auch die Salveten bereiteten die Weiterreise nach kurzem Frühstück vor. Ich entschied erst unterwegs zu essen.

Nach ungefähr einer Stunde Fußmarsch öffnete sich vor uns der Wald und gab den Blick auf große, weitläufige Felder frei, die das Bild der Landschaft bis zum rasch aufsteigenden Fuß des Gebirges freigab. Von hier waren auch schon die weitläufigen und mit wenigen Ausnahmen das gesamte Bergmassiv umspannenden, terrassierten Felder zu erkennen. Das Gebirge selbst lag an diesem Morgen in einem dunstigen Nebelschleier verborgen und ließ seine Höhe nur durch einen dunklen Schatten im Nebel erahnen. Wir zogen durch das beeindruckende Farmland. Die Menschen hier hatten es verstanden den undurchdringlichen Dschungel urbar zu machen und seine fruchtbaren Böden für sich zu erkämpfen und zu bewirtschaften. Jedoch war die Grenze zwischen dem Farmland und des Urwaldes hart umkämpft, da die Reihen der Bäume dicht gedrängt am Rande der Felder wieder emporragten und auch junge Bäume verrieten, dass sie bereit waren ihren Lebensraum mit allen Mitteln und ihrer unnachgiebigen Beharrlichkeit zurück zu erobern. Haeresien, das war schon immer ein steter Kampf ums Überleben.

Wir folgten dem festgetretenen Pfad zwischen den Feldern. Alle Felder waren umgeben von Mauern aus aufgeschichteten Steinen. Sie wirkten dabei so grazil und doch konnten sie Jahrzehnte ohne die Fürsorge ihrer Erbauer so liegen bleiben. Hier auf der offenen Fläche war es aufgrund des fehlenden hohen Waldes deutlich windiger. Die Sonne des angehenden Mittags brannte schon jetzt erbarmungslos auf uns herab. Uns umgab in dieser flirrenden Hitze das unentwegte, windgetriebene Rauschen der aneinander reibenden Maispflanzen. Hier draußen begegneten uns zu dieser Zeit kaum Menschen auf der Hauptreisestraße und ich fragte mich warum das so war. Da die Haeresier trotz vielfältiger Versuche der verschiedenen externen Kultureinflüsse immer noch nicht auf Lasttieren oder Fuhrwerke zurückgriffen, blieb pure Muskelkraft nur als Transportmittel übrig. Einzig auf den flussreichen Regionen wurde jede Größe von Boot oder Schiff genutzt. Irgendwie war unserer störrischen und unsinnigen Traditionen nicht wirklich mit Sinn und Verstand bei zu kommen. Dem folgend waren bei einer Bevölkerung in der Größe von Mophobam tausende Arbeiter nötig um den täglichen Bedarf der Stadt zu decken. Doch hier sah man nicht einen einzigen

Arbeiter oder Aufseher. Auch fahrende Händler waren nicht zu entdecken. Ich schloss in die Nähe meines Herrn Chemeth auf, der einige Reihen hinter Herrn Tat Aros und Meister Setech ging. Die beiden Hohen Herren schienen in dieser Atmosphäre beklemmender Verlassenheit unbesorgt zu sein. Das war bei ihrer Gewaltigkeit zwar auch nicht verwunderlich, doch mir gelang es nicht ihre Ruhe zu meiner werden zu lassen.

So dauerte unserer Wanderschaft durch ebendiese verschlungenen Pfaden an, die mehr einem Labyrinth als einem Weg gleich kamen. Die Hitze der prallen mittäglichen Sonne machte allen zu schaffen und jede neue Biegung, die uns gefühlt von dem Gebirge weiter fort und nicht näher führte, brachte neuen Unmut in der Dienerschaft hervor. Wie so oft wurde dieses Gejammer leiser, je näher man an seinem Herrn ging. Ich bemerkte hinter mir Capia, die Mühe hatte die jüngeren Diener bei der Hitze bei Laune zu halten. Die Kleinen quengelten leise vor sich hin und waren müde und durstig. Capia trug immer abwechselnd eines der Kinder für eine Weile,

ehe sie es mit einem der anderen unter dessen bitter-
lichen Protest abwechselte.

Bei einer kurzen Rast auf einer großen Gabelung
des Weges saß ich bei Herrn Chemeth und beobachtete die Höhergestellten, denen mittels eines provi-
sorisch errichteten Sonnensegels kühlender Schatten
vergönnt war. Ich trank und aß eine Kleinigkeit und
blieb stumm und regungslos neben Herrn Chemeth
sitzen. Wir beide schwiegen, da uns beiden zu warm
war und wir beide erduldeten die unangenehme
Hitze auf unseren Körpern. Ich verfolgte unauffällig
die Hohen Herren, die nur wenige Schritt von uns
entfernt saßen. Auch Amon saß abermals bei seinem
Herrn und ihm wurde indirekt seine Bevorzugung
zuteil. Meister Setech beobachtete Melias und einige
der andere Diener. Als sein Blick über mich ging,
senkte ich rasch das Haupt und hielt erstarrt inne,
bis ich sicher sein konnte, dass sein Blick an mir
vorüber gegangen war. Auch der Hauptmann der
Salveten saß bei seinem Herrn Tat Aros im Schatten.
Meister Setech fragte den Hauptmann schließlich in
einer unterschwelligen Provokation «Uns ist nicht

entgangen, dass den Dienern eine gewisse Frage brennend auf ihren Zungen liegt. Will er diesen darauf nicht eine Antwort geben?» Der Salvetenhauptmann sah Meister Setech mit seiner üblichen grimmigen Miene an und anschließend zu seinem Herrn. Seine Miene und Haltung verriet merklich, dass er den stummen Worten seines Herrn zuhörte. Anschließend wandte er sich wieder an Meister Setech und machte eine einladende Geste zu ihm. Dieser wandte sich nur kurz Melias zu, der zusammenfuhr als er angesprochen wurde «Sklave», rief er ihn streng. Ein Wort, dass Melias aus keinem Mund gerne hörte. Und er hätte ihn wohl auch ignoriert, wenn er nicht das Gleiche fürchterliche Grauen in der vergangenen Nacht gesehen hätte, zu dem dieser Ausruf gehörte. Melias musste diese Demütigung stumm ertragen «Hat es nicht eine Frage an seinen Herrn?» Danach sah er wieder zu Herrn Tat Aros. Melias reagierte einige Augenblicke nicht und sah abwechselnd im Schock zu meinem und Amons Herrn. Amon musterte ihn mit aufmerksam hochgezogenen Augenbrauen und erwartungsvoller Miene. Schließlich schüttelte Melias stumm den Kopf.

«Wir haben es mit dem großzügigen Privileg versehen in unserer Gegenwart seine kleinen Gedanken aussprechen zu dürfen», erklärte Meister Setech ruhig. Dann schlug seine Stimmung um «Es verweigert uns den Respekt und die Ehrfurcht? Wofür hält es sich, dass es ein solches Unterlassen wagt?» Der Hauptmann packte Melias mit seiner Peitsche um den Hals und drangsalierte ihn, während er ihn auf die Beine riss.

«Du wagst den Gast deines Herrn Tat Aros zu beleidigen? Bitte ihn um Verzeihung und tue wie dir geheißen», brüllte er auf den wehrlosen jungen Mann ein. Er tat mir in diesem Moment nur ein bisschen leid, denn diese Schuld hatte er sich selbst aufgeladen. Melias entschuldigte sich überschwänglich und sprach eben jene Frage aus, die sich alle stellten, aber keiner wagte laut auszusprechen;

«Warum gehen wir auf diesen verschlungenen und umständlichen Weg nach Mophobam anstatt den direkten Weg durch die Felder zu nehmen?»

Ich hatte mir diese Frage innerlich auch gestellt, doch ich war nicht so dumm mir den damit verbundenen Unmut anmerken zu lassen. Meister Setech vernahm die Frage und richtete sich an alle nahen Diener aus dem Tross. Er befahl jedem, der der Meinung war den Weg zu verlassen und den kurzen, geraden Weg zur Stadt durch die Felder zu nehmen, sich auf die Steinmauer zu setzen. Ich beobachtete das zögerliche Handeln der Diener und einige setzten sich tatsächlich auf die Mauer. Capia machte sich ebenso auf den Weg, doch als sich ihre Blicke mit denen von Amon trafen, da schüttelte dieser langsam den Kopf und sah sie ernst an. Sie verstand den Wink und tat so, als würde sie nur eines der Mädchen ihrer anvertrauten Dienerschaft zu sich auf den Schoß holen. Ich hatte nicht das Glück auf diesen Wink noch reagieren zu können. Ich hatte den Fehler gemacht auch aufzustehen. Ein Salvet sah mich auffordernd an und so musste ich mich nun meinem selbstauferlegten Schicksal fügen und zur Steinmauer gehen. Ich sah unauffällig dem Treiben zu und hielt meine Miene verschlossen. Wir saßen nun auf der etwas mehr als hüfthohen Mauer, doch nichts schien wirklich zu geschehen. Salveten hatten sich hinter uns platziert und warteten ebenso. Ich hörte Meister Setech hinter mir mit Amon reden «Und was ist mit ihm?» fragte er seinen eigenen Diener «Will er nicht auch lieber einen kurzen Weg gehen?»

«Meister Setech», hörte ich ihn sagen «ich diene Euch. Wo Ihr seid, da bin auch ich. Wo Ihr hingeht, da gehe auch ich hin. Meine Treue und Gefolgschaft Euch gegenüber braucht Ihr dafür nicht auf die Probe zu stellen. Doch wenn Ihr es wünscht, so setze auch ich mich auf diese Mauer.» Die mienenlose, ölüberzogene Maske sah eine Weile stumm auf seinen Diener herab. Er horchte plötzlich auf etwas und machte eine einladende Geste in Richtung der Mauer «Warum nicht?» sprach er und Amon setzte sich neben mir und einem anderen Dienern hin. Die sonnenbeschienenen Steine brannten heiß auf meiner Haut und auch die mittägliche Sonne brannte unangenehm auf mich nieder. Ich blickte die Reihe links und rechts von mir herunter und besah mir die anderen Diener aufmerksam. Sie waren verunsichert von der Aktion, wagten sich aber mit je einem Salveten im Nacken nicht zu rühren. Amon saß in absoluter Gleichgültigkeit da, während sich mein Magen zusammenzog. Mir war nicht ganz klar was nun passieren wird. Mir dämmerte nur, dass es eine Strafe wird. So saßen wir eine gute Weile da und warteten.

Da vernahm ich plötzlich ein Rascheln in dem Maisfeld vor mir. Zuerst dachte ich, es sei nur der Wind gewesen. Doch es wehte in diesem Moment kein Lüftchen. Als ich nun auch ein Knarzen der fleischigen Stiele der Maispflanzen vernahm, dachte ich an ein Tier. Doch dann vernahm ich diese seltsamen Schritte näher kommen. Sie klangen dabei so irritierend steif und plump. Durch die sonnengehärtete Erde waren sie nur abgedämpft zu hören. Angestrengt horchte ich weiter in das Maisfeld vor mir und bemerkte schließlich eine Bewegung langsam auf meine Position zukommen. Doch das grüne und langsam braun werdende Blattwerk der bald schon reifen Maispflanzen war noch immer zu dicht um wirklich etwas zu erkennen. Ich sah mich kurz um, doch die beiden Septevaren hatten sich abgewandt und waren wieder in stummen Dialog vertieft. Beide schienen sich nicht länger dafür zu interessieren, was mit ihren Dienern geschah. Ich sah ruckartig zum Maisfeld zurück und erstarrte. Hatte ich richtig gesehen, was mir da aus dem gelbbraunen Maispflanzen entgegen lauerte? Meinem sonnenerhitzten Rücken lief ein eiskalter Schauer hinunter und ich bekam eine Gänsehaut. Fieberhaft suchte ich erneut nach den beiden schwarzen Punkten zwischen den Blättern. Einer der Diener wenige Plätze neben mir schrie plötzlich auf und wollte von der Mauer runter klettern. Der Salvet hinter ihm hatte ihn aber geistesgegenwärtig gepackt und rang ihn auf seinem Platz zurück. Die anderen Diener wurden unruhig und nun ebenso von den Salveten gepackt und auf ihren Plätzen festgehalten. Der Salvet hinter mir hatte mir nun auch seinen Schlagstock um den Hals gelegt und hielt mich fest. Unwillkürlich stemmte ich mich bei dieser plötzlich einsetzenden Drangsalierung gegen den Krieger. Ich bemerkte nur kurz im Augenwinkel, dass Amon mich verwundert ansah.

Ihm war kein Salvet zugeteilt worden, da sich wohl keiner der Salveten traute ihn anzufassen. Er blieb jedoch auch ohne Zwangsmittel sitzen. Nachdem ich mich etwas an den Stock gegen meinen Kehlkopf gewöhnt hatte, suchte ich erneut nach dem Ding, das sich dort vor mir im Maisfeld wenige Fuß entfernt auf die Mauer zu bewegte. Dann schließlich sah ich was inzwischen alle anderen in Angst und Panik versetzt hatte. Vor mir torkelte schließlich eine schlammbraune Gestalt mit sonnengebleichter Haut auf mich zu. Es war eine Art Mumie. Ein von der Witterung freigelegter madenweißer Schädel starrte mich mit einem zum ewig stummen Schrei aufgesperrten Kiefer an. Die Augenhöhlen waren in Schatten gelegt und schwarz angemalt worden. Die letzten Büschel, die einmal das Haupthaar ausmachten, wehten in dem schwachen Wind, der um uns säuselte. Die vertrocknete Kopfhaut klappte durch den Wind immer wieder wie ein Deckel vom Kopf hoch. Knirschend hob die Mumie ihre Arme langsam in meine Richtung hoch und schwankte weiter auf mich zu. Ihr Oberkörper war stark nach hinten gekrümmt und auch der Kopf schien dieser Körperhaltung zu folgen. Ich saß zusammengefahren da und konnte nur in ohnmächtiger Starre das Näherkommen dieser wandelnden Leiche beobachten. Mein Herz stand still und meine Lungen zwangen mich irgendwann weiter zu atmen. Die knochigen Hände, die kaum mehr mit Haut bespannt waren fuhren wie Klauen auf und zu und waren nur noch eine Griffweite von mir entfernt. Ich hob meine Halskette mit dem Totenschädel in seine Richtung. Dieser Handgriff war mehr ein Reflex, da es bei den Lebenden in der Regel wirkte mich als Besitz eines Septevaren zu zeigen. Doch kam mir dieser Gedanke sofort als absurd vor als ich erneut in die leeren, augenlosen Schädelhöhlen starrte. Meine Beine hatte ich dicht vor den Körper gezogen und machte mich klein. Meine Augenlider presste ich wie auch meinen Mund fest zusammen und wartete. Ich stellte mich auf die Berührung dieser grässlichen Knochenhände mit der vertrockneten und spröden Lederhaut ein. Tatsächlich berührte mich etwas an meine bis unter das Kinn gezogenen Knien. Mit einem starken, aber kurzen Zug fiel ich rücklings die Mauer herunter. So zusammengekauert blieb ich noch Momente länger liegen, hörte die Schreie und Rufe und dumpfen Aufschläge zu meinen Seiten.

Als es still um mich wurde und nichts mehr geschah, öffnete ich schließlich meine Augen. Ich starrte in den blendenden blauen Himmel über mir und sah zum Rand der Mauer und schließlich zu meinen Seiten. Die anderen Diener wurden gerade von den Salveten zurückgerissen und mit ihren Knütteln geschlagen, so sie sich wehrten. Ich legte den Kopf tief in den Nacken und erblickte die beiden Septevaren. Sie saßen in seliger Ruhe immer noch unter dem Sonnensegel und sahen mit ihren ausdruckslosen, toten Gesichtern zu uns.

Ich rappelte mich auf. Die seltsame, schwarzäugige Mumie stand noch regungslos vor mir hinter der Mauer und starrte ebenso mit leerem Blick zurück. Ihr Aussehen wirkte auf eine so bizarre Art zerfetzt. Wobei nicht zu erkennen war, ob es heruntergekommene Kleidung oder das verdorrte Fleisch selbst war, das von den sonnenbleichen Knochen hing, die immer wieder aus dieser braungrauen Gestalt blitzten. Jetzt erst auch bemerkte ich weitere von diesen absonderlichen Figuren im Maisfeld auftauchen. Aufmerksam und doch scheu harrten sie bewegungslos zwischen dem Mais aus. Sie wiegten sich auf groteske Weise mit dem Wind und wüsste ich nicht, dass sie auf uns zu gegangen waren, ich hätte sie für wahrhaftig tot gehalten.

Hektik brach an einer Stelle etwas abseits von mir aus. Jemand war über die Mauer gesprungen und in das Maisfeld geflüchtet. Die Salveten hatten ihm nicht mehr nachgestellt und einige der Mumien waren in einer für diese Erscheinungen unerwarteten Schnelligkeit im Maisfeld verschwunden. Wir vernahmen Schreie, die vom Wind aus dem Maisfeld zu uns getragen wurden. Diese Angstschreie wandelten sich in Todesschreie um und verendeten jäh.

Die anderen Diener um mich herum, auch jene die nicht auf der Mauer saßen waren in Panik verfallen. Jene auf der Mauer schrien und schlugen immer noch um sich und im Angesicht dieser wandelnden Toten kreischten und heulten sie. Ich bewegte mich wie von einem fremden Geist besessen und klopfte mir den Staub aus der Kleidung und vom Körper und ging noch etwas benommen zurück zu Herrn Chemeth, der mich mit angstweiten Augen ansah. Ich war immer noch schweißnass, wusste aber irgendwie nicht, ob dies meiner Angst oder doch der mittäglichen Hitze geschuldet war. Wie von einem Fiebertraum betäubt setzte ich mich neben meinen Herrn und versuchte etwas zu trinken. Meine bebende und zitternde Hand ließ das Wasser in meinem Becher wild tanzen. Erst mit beiden Händen gelang es mir nichts weiter zu verschütten und zu trinken. Ich blickte zurück zur Mauer und sah Amon, der immer noch auf der Mauer saß und die Leiche vor sich mit ruhiger Miene ansah. Die wandte sich schließlich irgendwann ab und torkelte zu dem nächsten Diener, der noch in seiner Todesangst strampelnd auf der Mauer festgehalten wurde. Ich sah ungläubig zu Amon, der sich von der Mauer erhoben hatte, vor seinen Meister trat und sich vor ihm verbeugte. Anschließend setzte er sich wieder schweigend hin. Ihm war keine Angst anzumerken.

«Meister Setech», sprach er seinen Herrn ruhig an und hielt einen Moment inne «Erlaube deinem Diener den Ursprung dieser wandelnden Toten zu erfahren.» Die Fratze aus schwarzem Onyx zersprang ruckartig zu einem fürchterlichen Grinsen, als er zu erklären begann «Diese Kreaturen waren einst Menschen. Mehr als das waren sie Verbrecher. Und Mophobam kennt nur eine Strafe für Verbrechen. Einmal für schuldig befunden wird so ein Menschlein zum Verhungern und Verdursten in einen engen Käfig gesperrt, in dem er sich kaum rühren kann. Dort muss er bei Wind und praller Sonne verdorren und vertrocknen. Nach dieser schlichten Mumifizierung werden sie wiedererweckt und in diesem Zustand zum Frondienst an der Gesellschaft verurteilt. Da sie im Leben zu nichts Nutze waren, so halten sie nun für alle Arten von stumpfsinniger Arbeit her. Sie vergrämen auf den Feldern die Tiere und Diebe. Sie bedienen die Tretmühlen für das Mahlen von Mais und Heben von Wasser, aber auch zum Transport von Waren und anderen Gütern werden sie genutzt. So dienen sie Mophobam bis ihre Leichen zerfallen und verrottend das Feld nähren oder ihr vertrocknetes Fleisch zum Spenden von Licht oder Wärme verbrannt wird. Zuweilen werden sie auch zu Staub zermahlen und als Mumia für medizinische Zwecke genutzt.» Das abscheuliche Grinsen war der erhabenen Zurückhaltung des Grauen Meisters wieder gewichen. Amon verbeugte sich und dankte seinen Herrn an dessen Wissen teilhaben zu dürfen.

Ich für meinen Teil folgte diesen Ausführungen mit größten Schrecken und reflektierte dieses Schicksal auf mich selbst. Ein eiskalter Schauer floss wie gefrorenes Wasser meinen Rücken hinab. Meister Setech fügte noch einen Satz an, der mir der eindringlichste war

«Er hat das Schicksal dieser Ungehorsamen gesehen. Er mag daran denken, sollte er es wagen gegen unseren Willen handeln zu wollen.»

Amon sah seinen Meister daraufhin mit ehrfürchtiger Miene an. Dieser sonst so galante und ruhige Gesichtsausdruck war einem in seinen Grundfesten erschütterten Blick gewichen. Mit bebender Stimme entgegnete er «Meister Setech, verzeiht wenn Euer

Diener Euch widersprechen muss. Die Strafe die diese Kreaturen ereilt hat, wäre eine Gnade, gemessen der Strafe die Ihr als ein Grauer Meister für mich bereit haltet.»

Was der Nebel barg

Die anderen Kriegsjungfern verstehen nicht warum ich seit dem vergangenen Frühjahr so eine tiefsitzende Angst habe, wenn Nebel heraufzieht. Sie sagen, ich würde angsterfüllt schauen und am ganzen Körper zittern. Jedes kleine Geräusch ließe mich aufschrecken wie ein scheues Reh. Warum ich bei dem bloßen Anblick eines solchen grauweißen Schleiers so schreckhaft bin. Warum ich so angespannt bin, als würde ein lauernder Wolf bei absoluter Dunkelheit um mich herumschleichen. Das will ich hier berichten. Ich will euch das grauenvolle Erlebnis schildern, das mir vor drei Jahren widerfahren ist und immer noch angstnasse Alpträume bereitet. Mag sich jede selbst ein Urteil auf meine Reaktion machen.

Das Stammesgebiet von uns Vestyren ist groß und wird in regelmäßige Rundgängen von einem Wehrturm zum nächsten durch unsere Kriegerinnen kontrolliert. Diese Aufgabe ist eine von verschiedenen Stationen einer einfachen Kriegerin des Stammes, um eine Kriegsjungfer zu werden. Der Vestyren-Stamm ist eine frauendominierte Gesellschaft verschiedener kleinerer Stämme, vereint unter der Führung unserer Königin Heerlinde. Unser Leben und Umgang miteinander zeugt von Respekt und Verständnis. Wir ziehen die Töchter des Stammes gemeinsam groß, arbeiten Hand in Hand und auch sonst ist unser Leben gut. Das ist allerdings auch nicht verwunderlich. Von den Ältesten weiß ich, dass Männer uns zwar nicht unähnlich sind, aber wesentlich aggressiver und kampfbereiter ihre Ziele durchzusetzen versuchen. Ich habe tatsächlich noch nie einen dieser Männer gesehen oder erlebt. Im Grunde habe ich mit meinen 17 Wintern noch nicht viel von der Welt außerhalb unseres Stammes gesehen. Männer sind nicht im inneren Bereich unserer Heimat erlaubt und dürfen höchstens in den ausgewiesenen Handelsposten im Grenzbereich unser Land betreten. Was ich weiß ist, dass unser Wohlstand und Friede beinah ganzjährig durch die Krieger der bellumischen Stämme von Mittreich bedroht sind. Sie kommen auf ihren langen Booten über das große Wasser im Süden an unsere Küsten oder fahren unsere Flüsse hinauf. Sie plündern unsere Siedlungen und verschleppen die jungen Frauen. Daher ist der Dienst der Grenzwache auch so ungemein wichtig und hoch angesehen in unserem Stamm.

Absurderweise stammen die Vestyren und Bellumen aus dem gleichen Stammesgebiet. Im Großen Krieg der Sonne war es, da sich die Stämme des Schwarzen Waldes zusammenschlossen und gemeinsam dem Kriegsruf des viktorianischen Großreiches folgten. Die Feigen, wie die Soldaten der Güldenen gerufen wurden, hatten die einstige Heimat im Norden Ostreichs durch List, Betrug und Hinterhalt zerstört. Die verbliebenen Stämme Ostreichs vereinten sich unter dem gewählten und legendären Stammeskönig Urgor. Er folgte mit seinen Kriegern der Einladung von Großfürst Viktorius Faust VIII Er bot ihnen eine neue Heimat in seinem Reich, so sie ihm im Krieg gegen die Armeen der Goldenen Sonne beistanden. Als sie nach zwei Monaten Reise in der Völkerschlacht der Ramerk-

Hochebene jenseits des Godtwalls aufschlugen, da rannte die vergleichsweise geringe Zahl der Krieger in den übermächtigen Feind. Allein die Frauen und Kinder blieben zurück. Die Krieger stürmten geradewegs in die gewaltige Zahl der Feinde und zerstörten bei diesem selbstmörderischen Angriff die gesamte östliche Flanke des Feindes. Zwei Mal erhoben sich die Schwarzwälder Krieger aus ihrem Sterben nochmal um als Berserker unter den völlig wehrlosen und verzweifelten Soldaten Amok zu laufen. Dieser selbstlose Akt bereitete danach den nun umso entschlossener kämpfenden viktorianischen Legionen einen unerwartet starken Sieg. Es gelang die gewaltige Armee der Sonne in eine Massenflucht zu versetzen. Tausende starben im Kampf, nochmal mehr starben, als die Armee auf breiter Front gegen den Godtwall getrieben wurde und nochmal so viele starben bei dem Versuch sich durch das Tor des Nordens und die dahinter liegende Gaetja-Schlucht im Godtwall-Gebirge zurück auf die andere Seite des Godtwalls ins zentrale Mittreich zu flüchten. Der Anfang vom Ende der Güldenen. Die verbliebenen Frauen zogen später in das versprochene Land, das der Großfürst ihnen versprochen hatte. Aus diesen kriegerischen und selbstbestimmten Frauen entwickelte sich schließlich über Jahrzehnte der Stamm Bellumer und der sich abgespaltene Stamm von uns Vestyren.

Dank dem Einsatz meiner Mutter erhielt ich seit dem vorletzten Sommer mein Training und durfte im Winter vor drei Jahren zum ersten Mal bei den Patrouillen der Grenzwacht mitlaufen. Ich kam bei der Gruppe der Kriegsjungfer Eldrid unter. Sie ist eine langjährige Freundin meiner Mutter und hatte sich meiner angenommen. Das Leben als Kriegsmaid, als angehende Kriegerin die noch nie einen Kampf gesehen hat, war nicht einfach. Als die Jüngste erhielt ich alle unliebsamen Aufgaben. Doch ich beklagte mich nicht und das hatte mir schon ein gewisses Ansehen in der Gruppe eingebracht.

Es war kurz vor den Raunächten, jene Zeit im Winter an denen der Nordwind blies. Ein Sturm, der so scharfe Winde heulen ließ, dass Schnee und Eis in Minuten das Land erstarren ließen. Eisige Kälte senkte sich auf die Erde und ließ sogar stark fließende Flüsse in kürzester Zeit erstarren. Ich erlebte Zeiten in denen wir wochenlang nicht hinausgehen konnten und nur vor dem Feuer in der großen Versammlungshalle hockten. Dieses Jahr war der Nordwind noch sehr mild gewesen. Wir erfuhren wenige Tage später am eigenen Leib, dass er seine kältesten Stürme noch aufbewahren sollte.

Wir befanden uns an der westlichen Außengrenze zwischen zwei Wachtürmen, als wir die Jaulenden Windhunde vernahmen. Jene Stürme die den Nordwind ankündigten. Sie fegten schon seit dem frühen Morgen über das Land und warfen allen Schnee aus den Bäumen und Sträuchern. Eldrid hatte entschieden, dass wir nun endgültig das Lager aufschlagen mussten, ehe wir vom Nordwind überrascht würden.

Während Thuri, Eberhilde und Gry, unsere stärksten und größten Kämpferinnen das Lager errichteten, zog ich mit unseren Schützinnen Elfrun und Harda los um genug Feuerholz für unsere Notunterkunft zu sammeln. Es war mühselig immer und immer wieder das Feuerholz zu sammeln, zu bündeln und zum Lager zu schleppen. So teilten wir uns die Arbeit auf. Elfrun und ich trugen Äste und Zweige an einen Ort zusammen und Harda brachte sie bundweise zum Lager zurück. Es war zwar eine Erleichterung für uns drei, doch eigentlich blieb mir so das einzig Schöne am Feuerholz holen verwehrt. Es war immer faszinierend wie schnell die anderen das Lager errichteten und wie der stückweise Fortschritt mit jedem Bündel mehr Gestalt annahm. Üblicherweise lagerten wir in den älteren, fest angelegten Rastplätzen oder eben in den Wachtürmen selbst. Doch manchmal musste aus der Not heraus ein provisorisches Lager errichtet werden.

Elfrun schickte mich los um nach Baumharz und Wollmoos zu suchen, da uns diese Zündhilfen für das Feuer langsam ausgingen. Der Winter war bisher zwar kalt aber auch sehr nass gewesen und so mussten wir viel unserer Zündhilfen aufwenden, um den nassen Reisig entfachen zu können. Ich zog also ohne zu Murren etwas weiter in den Wald hinein. Der heulende Wind hatte sich für eine kurze Weile gelegt und ich genoss die Stille, aber auch wie es gefühlt wieder etwas wärmer war ohne die schneidend kalten Winde. Innerlich freute ich mich schon darauf in der zwar engen aber behaglichen, warmen Behausung mein Lager aufschlagen zu können. Der kriechenden Kälte zu entkommen und meine feuchtklammen Stiefel endlich wieder trocknen zu können.

Während ich so in meinen Gedanken schwelgte, hatte ich eine kleine Baumgruppe entdeckt auf der ich das begehrte Moos fand. Ich griff es mit ganzen Händen und stopfte es in meine Tasche. Die Freude meinerseits über dieses großzügige Geschenk der Natur war natürlich groß und so bedachte ich mich selbst mit der Pflicht der Erdenmutter bei dem nächsten Gebet zu danken.

Meine Träumerei wurde jedoch jäh unterbrochen als ich nahe Schreie hörte. Ich griff meinen Speer und rannte los. Der Wind heulte wieder auf und ich musste stehen bleiben. Ich horchte erneut und machte die Rufe in westlicher Richtung aus. Durch das sich lichtende Unterholz sah ich eine große flache

Lichtung bei der mir sofort ein zugefrorener See in den Gedanken kam. Mit einem zweiten Blick bestätigte sich meine Vermutung. Mitten auf dem See war ein tiefdunkles Eisloch aufgebrochen und jemand schrie aus voller Kehle um Hilfe. Ich lief ein Stück zurück zum Lager um Unterstützung zu holen. Rava, unsere Kundschafterin und Fährtenleserin, tauchte jedoch wie aus dem Nichts plötzlich auf und riss mich mit sich zum See zurück. Sie warf mir ein Seil zu das bereits um ihre Hüfte geknotet war. Ich verstand sofort und eilte mit ihr zum See. Die große schlanke Frau warf ihre Ausrüstung und Mantel ab, alles was sie eben leichter machte. Danach lief sie auf das verschneite Eis und legte sich das letzte Stück flach hin. Auf allen Vieren und mit einem Messer zog sie sich näher an das tiefblaue Loch. Ich überlegte derweil wie ich die anderen alarmieren konnte und entsann mich meiner Knochenflöte. Ich fingerte das kurze Instrument unter meinem Mantel hervor und blies den höchsten Ton an. Dreimal ein kurzer scharfer Ton und eine kurze Pause. Danach wiederholte ich diesen schmerzlich grellen Warnton. Drei kurze Töne mit Pause waren an sich ein Hornsignal der Grenzwacht um Hilfe und Unterstützung herbei zu rufen. Jede Grenzwächterin kannte das Signal und ich war guter Dinge, dass wenigstens Elfrun es hören musste. Das Heulen des Windes nahm wieder zu. Ich sah fieberhaft auf den See, da Rava das Loch endlich erreicht hatte. Die eingebrochene Person tauchte kurz vor ihr wieder auf und versank erneut. Sie harrte vor dem Eisloch. Sie schrie etwas in das Loch, aber ich verstand es nicht. Es tauchte niemand mehr auf. Rava sah zu mir. Ihr Blick schien abzuwägen, ob sie mir wohl soweit vertrauen konnte, um sich in das eisige Wasser zu stürzen. Elfrun tauchte mit schweren Schritten neben mir atemlos auf und sah auf den See

«Jemand ist in das Eis eingebrochen», rief ich ihr sofort zu. In dem Moment war wieder etwas am Eisloch geschehen. Rava umklammerte jemanden. Sie schrie und signalisierte mit einem Arm wir sollen sie zurück holen. Elfrun begann zu ziehen, doch ich warf mir das Seil über die Schulter und rannte mit dem Seil los, sodass Rava schnell von der gefährlichen Eisplatte herunter kam. Elfrun rief mich irgendwann und ich eilte zurück zum Ufer. Während Rava sich wieder ausrüstete, kniete Elfrun bereits bei der geretteten Person.

«Es waren zwei Brüder», berichtete Rava und klopfte sich Eis und Schnee vom Körper «Ich konnte nur den Einen retten. Der ältere Bruder ist versunken. Seine Kraft hat nur noch gereicht seinen Gefährten aus dem Wasser zu heben.» Sie deutete auf den Jungen. Seine Lippen waren blau und seine Haut blass wie der Schnee auf dem er lag. Ich half ihr wieder in ihren Mantel und lobte ihren geistesgegenwärtigen Einsatz. Sie sah mich mit ihrer üblichen stillen Art an und nickt mir bloß zu.

«Hilf mir, Alwine», befahl mir Elfrun. Ich kniete rasch bei ihr «Was soll ich tun?» Sie mühte sich bereits den dicken Mantel des Jungen aufzuknöpfen «Wir müssen ihn rasch die nassen Kleider abnehmen. Er kühlt zu schnell aus. Fang mit seinen Schuhen und Hose an.» Ich war für den Augenblick überrumpelt von dieser Forderung. Dennoch funktionierte ich in dem Moment einfach nur, während in meinem Kopf die ganze Zeit der Gedanke schwirrte, dass ich noch nie einen Mann gesehen hatte und nun einen ausziehen sollte.

Zugegeben, wenn ich heute so darüber nachdenke war das albern. Einerseits war es nur ein Kind, andererseits ging es gerade um Leben und Tod. Vielleicht hielt mein Verstand es auch gerade deswegen für angebracht mir so obskure Gedanken in dem Moment zu machen. Denn auch mit dem Tod selbst war ich zwar schon in Berührung gekommen. Diese Konfrontation war aber bislang noch nicht so nah gewesen. Darüber hinaus war es ein sehr tragischer und gewaltsamer Tod gewesen.

«Wir müssen ihn unbedingt warm halten und schnellstens zum Lager zurückschaffen. Fro kann ihn vielleicht noch retten», rief Elfrun. Bevor ich es realisiert hatte, hatten wir ihn entkleidet und in meinen Mantel gewickelt. Ich trug ihn rennend zum Lager zurück. Meine Arme und Rücken schmerzten, die kalte Luft brannte beim schnellen Atmen in meiner Brust. Ich blieb nicht stehen, bis wir beim Lager waren. Die anderen eilten uns entgegen als sie unsere Hast und das Bündel auf meinen Armen bemerkten. Eldrid trat mit alarmierter Haltung zu uns und sah in das totenblasse Gesicht des Jungen «Was ist geschehen? Wen bringt ihr hier?»

«Alwine hat sie entdeckt. Zwei Brüder sind im Faselsee eingebrochen. Wir konnten nur noch den jüngeren retten», sprach Elfrun atemlos. Eldrid deutete hinter sich zu dem rechten Unterschlupf

«Eine der kleinen Unterkünfte ist fertig. Fro du kümmerst dich um den Jungen. Der Rest hilft das Lager fertig zu stellen. Wir haben nicht mehr viel Zeit bis der Nordwind über uns hereinbricht.» Ich ging mit Fro zu dem Unterschlupf. Dieser bestand im Grunde aus einer tief in den Schnee gegrabenen Grube und darüber waren Stämme junger Bäume und Zweige gelegt. Es war ein einfacher Schutzbau. Er war aber am schnellsten errichtet und diente den nächtlichen Wachablösungen, um das Hauptlager nicht durch regelmäßiges Öffnen des Unterschlupfs auskühlen zu lassen. Einige Tannenzweige auf dem Boden, eine Decke darüber, ein kleines Feuer am Eingang und der Unterschlupf war rasch warm. Das hatte ich schon in dem eisigen Winter des Nordreichs zu schätzen gelernt. Ich legte den Jungen ab und Fro gab mir meinen Mantel wieder. Sie wickelte den Jungen dagegen in eine der am Boden liegenden Decken. Ich half den Eingang etwas weiter mit Ästen zuzudecken, da die eingesunkene Feuerstelle keine so starke Flamme mehr erzeugte.

Ich ging wieder nach draußen und trat neben Eldrid. Ich blickte nochmal zurück zu dem Unterschlupf. Ich wollte ihr am liebsten helfen. Das musste auch mein Blick verraten haben. Denn Eldrid legte mir ihre Hand auf meine Schulter «Er wird es schon schaffen. Fro versteht ihr Handwerk», sprach sie mütterlich zu mir. Eine Seite, die sie nicht oft als erfahrene Kriegsjungfer sehen ließ, für die ich ihr in diesem Augenblick aber umso dankbarer war.

«Elfrun sagte mir, du hast die beiden zuerst entdeckt?» ich nickte ihr nur zu.

«Ja, ich hörte ihre Schreie und eilte hin. Als ich die Situation erkannt habe, lief ich zurück zum Lager um Hilfe holen. Da war Rava plötzlich bei mir und zog mich zurück zum See. Sie gab mir das an ihr befestigte Seil und lief auf das Eisloch zu. Wir konnten nur noch Einen der Beiden retten.» Mich überkam plötzlich ein tiefes Schuldgefühl «Wenn ich geblieben wäre und selbst auf den See gegangen wäre...» Eldrid unterbrach mich und legte mir nun beide Hände auf die Schultern. Ihre eisblauen Augen sahen mich eindringlich an

«Nein», rief sie streng «daran darfst du gar nicht erst denken! Du hast alles richtig gemacht. Auf einen zugefrorenen See geht man nicht vor den Raunächten. Das ist viel zu gefährlich. Was wenn du bei dem Versuch selbst eingebrochen wärst? Einmal in das Eis eingebrochen findest du nicht wieder an die Oberfläche. Wir hätten dich nie gefunden. Was müsste ich deiner Mutter dann berichten?» Ich sah sie über diese Standpauke erschüttert an. Ich weiß sie wollte mir in diesem Moment nur ausreden, dass ich nichts für den anderen Bruder hätte tun können. Es traf mich trotzdem hart. Eldrid hatte das wohl auch bemerkt und erkundigte sich weiter «Elfrun erzählte mir, dass du mit deiner Flöte das Unterstützungssignal abgesetzt hast.» Ich nickte leicht und ließ den Kopf etwas hängen. Ich war auf eine weitere Maßregelung gefasst, doch Eldrid sollte mich überraschen «Das Unterstützungssignal nutzt man nicht leichtfertig. Doch hier hast du gut daran getan. Dein Einfall mit der Flöte war geistesgegenwärtig. So etwas erwarte ich von meinen Kriegerinnen.» Sie lächelte mich wohlwollend, ja vielleicht sogar mit etwas Stolz an.

Dieses Gespräch hatte mein Selbstwertgefühl wieder aufgebaut und so eilte ich mich wieder meinen Pflichten nachzukommen. Ich holte die letzten Bündel Feuerholz und unterstützte danach bei der Errichtung des größeren Unterschlupfs. Hier gruben wir zwar auch wieder eine Grube in den Schnee, die Oberkonstruktion war aber eine andere. Vor dem Eingang waren bereits zwei Stämme zusammengebunden aufgestellt. Auf ihren oberen, gekreuzten Schenkeln stemmten wir einen langen Baumstamm und befestigten an seinen Seiten lange dünne Stämme als kleinere Querstangen. Abgedeckt wurde das Dach mit Tannenzweigen und Steinen zum Beschweren. Eine dicke Schneeschicht sollte den Wind abhalten und versiegelte die Unterkunft soweit es ging. Wir kleideten auch diesen Unterschlupf mit Tannenzweigen aus und legten unsere Decken darauf. In der Mitte brannte bereits seit längerem ein Feuer, das inzwischen auf seine Glut reduziert, behutsam neu entfacht wurde. Der heiße Rauch stieg an der Dachschräge nach draußen. Ich half zuletzt den Türbereich entsprechend abzuschirmen und einen niedrigen Eingang zu schaffen.

Nach der harten Arbeit aßen wir zusammen und ich ließ Elfrun den anderen von unserer Rettungsaktion berichten. Das Schicksal des Jungen und seines Bruders wollten mir nicht aus dem Kopf gehen. Als wir nun nur noch abwarten konnten und letzte Ausbesserungen an dem Unterschlupf vorgenommen wurden, ging ich hinüber zu Fro und dem Jungen. Ein scharfer Wind blies mir um die Ohren. Ich zog meinen Schal weiter über das Gesicht, da jede freie Stelle meiner Haut sich anfühlte, als würde jemand mit einem weißglühenden Messer meine Haut aufschneiden. Der Weg zu dem anderen Unterschlupf war kaum zehn Schritte entfernt, doch der heftige

Schneefall mit dem starken Wind ließ mich eine kleine Ewigkeit weit laufen. Ich kroch rasch in den Unterschlupf, zog die Tannenzweige sofort über mir zu und schüttelte den Schnee am Eingang ab.

In der winzigen Höhle war es angenehm warm, der balsamische Geruch der erwärmten Tannenzweige stieg mir in die Nase und schaffte in mir ein Gefühl der Geborgenheit und Wärme. Ich legte meine Ausrüstung und schneebedeckten Kleidung ab und kroch vorsichtig zu dem Jungen. Er lag am hinteren Ende der Kuhle und war immer noch totenblass.

«Wie geht es ihm?» fragte ich Fro und streichelte seine eiskalte Wange. Sie sah mich durch das dämmrige Rot der Glut an

«Wie du selbst merkst ist er immer noch eiskalt. Ich bekomme ihn einfach nicht warm», murrte sie missmutig über ihren ausbleibenden Erfolg «Wären wir doch näher an einer Siedlung, dann könnten wir ihn langsam im Wasser erwärmen.»

«Kann ich irgendwie helfen?» fragte ich besorgt und strich ihm sein graumeliertes Haar aus dem

Gesicht. Fro hatte inne gehalten und ich sah daher zurück zu ihr. Ihre Augen waren in dem rötlichen Licht beschattet.

«Da gäbe es vielleicht noch eine Möglichkeit», raunte sie nachdenklich und begann meinen Harnisch aufzuschnüren «Was machst du?» fragte ich irritiert, doch sie fuhr unbeirrt fort.

«Leg deine Rüstung und Kleidung ab, du musst ihn mit deinem Körper wärmen», sprach sie mit dem selbstverständlichsten Tonfall «Was anderes fällt mir nicht mehr ein.» In mir regte sich ein gewisser Widerstand für diese Idee «Warum gerade ich?»

«Weil ich noch Medizin gegen sein zu erwartendes Fieber herstellen muss. Außerdem hast du junges Ding noch mehr Wärme zu geben als ich.» Ich fügte mich nur langsam meiner bevorstehenden Aufgabe. Ich hatte bis heute noch nie einen Mann gesehen und jetzt sollte direkt einer auf meinem nackten Körper liegen. Fro rollte den Jungen vorsichtig von seiner Liegestatt und ließ mich an der Stelle Platz nehmen. Das wenige Licht erlaubte mir nicht viel von ihm zu sehen. Einzig sein blasser Körper glühte in einem angenehmen goldroten Ton.

«Er hat einen Schwanz», entfiel es mir bei dem plötzlichen Anblick. Meinem Ausruf folgte sogleich eine verbale Schelte durch Fro

«Natürlich hat er einen. Er ist schließlich ein Junge.» Ihr Ton war dabei streng, doch ich schüttelte den Kopf.

«Das weiß ich doch», gab ich etwas forsch zur Antwort «Ich meine er hat eine Wolfsrute.» In dem schwachen Licht hatte ich einen Wolfschweif oberhalb von seinem Po ausgemacht. Fro zuckte mit den Achseln

«Er wird wohl ein Animali sein», gab sie mir nur zur Erklärung, als hätte mir das irgendetwas sagen sollen «Jetzt zier' dich nicht so und leg' dich endlich hin», gebot sie mir strenger.

Ich folgte ihrer Anweisung und drapierte den eiskalten kleinen Körper vorsichtig auf meiner Haut. Fro deckte uns mit der Decke erneut zu und legte zusätzlich noch ihren und meinen Mantel über uns. Seine Wange lag gegen meiner Schulter. Er war eiskalt und mich fröstelte es nun selbst. Seine kalte Haut brannte auf der meinigen und mein Körper hatte das Bedürfnis ihn fort zu stoßen. Dann aber hörte ich sein schwaches Atmen und spürte die kühle Luft auf meiner Haut. Ich betrachtete ihn aus der Nähe

«Er hat auch die Ohren von einem Wolf», bemerkte ich verwundert. Fro war zu ihrer Tasche gerutscht und hatte begonnen ihre kleinen Fläschchen und Dosen zu sortieren. Sie blickte zu mir zurück.

«Natürlich hat er die.» Ich rollte genervt mit den Augen, ohne dass sie es sehen konnte.

«Das ist für mich nicht so selbstverständlich», brummte ich leise zu mir selbst und konzentrierte mich auf die Kälte, die langsam unter meine Haut kroch.

«Animali gibt es in beiden Geschlechtern. Sie können die Merkmale von den meisten Säugetieren tragen. Am häufigsten sind Wölfe, Hunde, Füchse, Luchse und alle Arten von Katzen verbreitet. Woher sie kommen weiß niemand. Ihnen wird viel Schlechtes nachgesagt. Dabei sind sie eigentlich sehr friedvolle und gesellige Wesen. Oft aber verstecken sie ihre Animalität, um eben nicht Zielscheibe von Spott und Anfeindungen, ja sogar Verfolgung zu sein. Im ganzen Nordreich und mittreicher Norden kommen meines Wissens allerdings keine Animali vor, warum auch immer das so ist. Das würde dafür sprechen, dass unsere beiden Unglücksraben von jenseits des Godtwall-Gebirges kommen.»

Ich wusste nicht wohin mit meinen Händen und so begann ich langsam über den eiskalten Rücken des Jungen zu streichen. Ich hörte Fro leise mit sich reden und ihre Zutaten zusammen zu mischen. Ich schloss derweil meine Augen und horchte auf das leise Atmen des Jungen. Unwillkürlich begann ich im gleichen ruhigen Rhythmus zu atmen, worüber ich schließlich eingeschlafen sein musste.

Irgendwann wurde ich von Fro geweckt. Sie hatte mich leicht an der Schulter gerüttelt und im Reflex wollte ich mich wie gewohnt aufrichten. Ich hielt aber sofort inne, als ich mich an den Jungen auf mir erinnerte. Fro befühlte seine Wangen und Stirn. Sie schien zufrieden. Er war endlich wieder warm. Dennoch blieb sie alarmiert, da sie nun damit rechnete, dass bald das Fieber einsetzen würde. Sie half ihn von mir herunter zu nehmen und wieder in die Decken einzuwickeln. Ich reckte und streckte mich etwas von dem stillen Liegen. Ich legte meine Kleidung und Ausrüstung in der Enge unseres Unterschlupfs wieder an. Fro reichte mir eine Schüssel mit warmem Haferbrei und beschäftigte sich wieder mit dem Jungen, dem sie ein Tuch mit Schnee darin auf die Stirn legte.

Ich erschrak und war kurz geblendet, als die Zweige vom Eingang angehoben wurden. Graublaues Licht fiel zu uns herein. Es musste schon hell draußen sein. Eldrid sprang zu uns in die niedrige Behausung und legte nur einen Teil der Zweige wieder zurück. Sie behielt sich etwas Licht im Rücken und sah in das Zwielicht des Unterschlupfes.

«Wie sieht es aus?» fragte sie ernst und sah dabei direkt Fro an. Ich aß lieber schweigend meinen Brei weiter. Die Kälte der schwindenden Nacht kroch in unsere Höhle und ließ mich frösteln.

«Besser. Aber noch nicht gut», gab Fro kurz zur Antwort. Eldrid erkundigte sich, ob der Junge transportfähig sei, da der Nordwind gerade nachgelassen hatte und sie es mit etwas Eile bis zum Wachposten schaffen könnten. Fro sprach sich jedoch dagegen aus. Er müsse erst das Fieber verlieren und am besten zu Bewusstsein kommen. Eldrid wägte kurz ab und erklärte, dass unsere Situation zurzeit eine dringende Weiterreise nicht nötig machen würde. Sie sollte aber überlegen, ob der Junge nicht besser in einen der größeren Unterschlupfe gebracht werden sollte. Dieser Notbehelf sei keine praktikable Lösung. Doch Fro war damit sehr zufrieden. Jetzt wo der Junge wieder warm sei, konnte auch etwas mehr Licht und damit auch Kälte hineingelassen werden.

Ich begleitete Eldrid hinaus. Es war eisig kalt, aber der Wind hatte endlich einmal aufgehört. Ich sog die frische, unverbrauchte Luft ein und sah mich in dem dämmernden Tageslicht um. Der Sturm hatte neuen Schnee gebracht und unser Lager unter sich begraben. Da die Eingänge der beiden größeren Unterschlupfe gegen Norden, dicht vor zwei emporragenden Felsen ausgerichtet standen, waren sie weitgehend frei von Schnee geblieben. Die Dächer waren jedoch mit einer dicken Haube aus Schnee bedeckt.

Ich mochte den Anblick von unberührten, frischen Schnee. Umso betrübter sah ich die Fußspuren, die vom Lager fort führten. Es musste Rava sein, die sich auf ihrem morgendlichen Rundgang um das Lager befand. Ich kehrte das meiste der dicken, aufgeplusterten Schneehaube von unsrem Unterschlupf, da seine Last auf Dauer zu groß für die Konstruktion war. Danach tauchte ich in die Wärme und Dunkelheit des mittleren und größten Unterschlupfs wieder ein. Dort hatten sich alle anderen Kriegerinnen eingefunden. Sie schwiegen als Eldrid und ich eintraten. Eldrid erklärte kurz die Situation um den Jungen und unseren Verbleib an diesem Ort. Die Stimmung war deswegen kaum getrübt. In dem provisorischen Fuchsbau, so nannten wir solche Unterkünfte, hatten es sich alle bereits gemütlich gemacht und behaglich eingerichtet.

Eldrid und ich setzten uns zu Runa. Sie hatte sich die Kleidung und Ausrüstung des Jungen angesehen, um mehr über ihn herauszufinden. Tatsächlich hatte sie eine kleine magische Tasche bei ihm gefunden, die ein Vielfaches von dem halten konnte, was man in sie hinein gab und auch das Gewicht des Inhalts reduzierte. Er besaß zwei Messer, eines davon sei auf jeden Fall ein sehr wertvolles Kampfmesser. Es war meisterlich gearbeitet und aus dem seltenen und starken Mithril-Stahl gefertigt. Es trage sogar uralte Runen, deren Magie sie aber nicht entschlüsseln konnte. Sie war unsicher, ob der Junge der Schüler eines Hexenmeisters sein könnte. Das würde bedeuten, dass der ertrunkene Mann einer jener berüchtigten Hexer war. Für mich als unerfahrenes Mädchen klang das alles sehr faszinierend. Gry meinte sie habe noch nie davon gehört, dass ein Hexenmeister ertrunken sei. Thuri spaßte derweil, dass es ja auch kein allzu rühmliches Ende sei für einen so mächtigen Magieanwender und sich so etwas nicht herumspreche. Einzig Runa blieb bei ihrer These.

«Es muss ja keiner der Alten gewesen sein. Wenn er den Jungen Bruder ruft, hätten es auch zwei Scholaren der Hexenmeister sein können. Was man so hört reisen die oft gemeinsam und zählen zu der Bruderschaft. Sie rufen sich selbst untereinander Brüder. Das würde zu dem jungen Aussehen des älteren und dem Jungen selbst passen.»

Eldrid schwieg auch während der nun folgenden Diskussion über die Identität der Beiden. Ich konnte zu der Unterhaltung nur das beitragen, dass ich wusste und berichten, was Fro mir erzählt hatte. Von ihrer Vermutung, dass sie von jenseits des Godtwall-Gebirges auf Mittreich stammten und über die wölfische Animalität des Jungen.

Runa verließ irgendwann den Unterschlupf als ihr die Diskussion zu kindisch wurde und die anderen nur noch ihre Späße über ihre Theorien machten. Ich folgte ihr hinaus und durch die aufgeworfene Bresche im Schnee. Der Wind hatte wieder zu heulen begonnen und umfuhr uns mit seinen eiskalten Händen. Ich holte sie ein und wir gingen schweigsam durch den kahlen Wald. Der Schnee war vom

Wind auf die Nordseiten der Stämme, Äste und Unterholz fest gedrückt worden. Nur selten lösten sich Brocken bei den schwachen Sonnenstrahlen, die sich durch den grauweißen Himmel gekämpft hatten.

Wir erreichten für mich überraschend das Ufer des Faselsees erneut. Die Sonne glitzerte auf seiner zugefrorenen Oberfläche. Das Eis war in einem tiefdunklen, gar finsteren Blau getaucht. Kleine weiße Schneewehen wirbelten zu unseren Füßen und machten den unsichtbaren Wind auf dem dunklen Grund sichtbar. Die wenigen langen Risse auf dem Eis waren von feinem Schnee gefüllt und marmorierten sein Sturmwolkenblau. Es knackste oder knirschte nicht einmal mehr unter unseren Füßen, als wir auf das Eis traten. Die Nacht hatte die Eisschicht um einige Handbreiten anwachsen lassen. Ich begleitete Runa nach kurzem Zögern und deutete irgendwann auf eine unruhig zugefrorene Stelle

«Hier waren sie durchgebrochen», erklärte ich ihr und kniete mich hin. Ich versuchte etwas in den zwar kristallklaren, aber verschwommenen Untergrund zu erkennen. Es war als liege ein schwarzer Nebel unter dem Eis, der die Sicht rasch senkte.

Runa erklärte mir, dass die im Eis eingeschlossenen, weißen Luftblasen wohl noch von ihrem Todeskampf herrührten. Sie deutete auf tiefer liegende Luftblasen «Der letzte Atemzug eines Menschen, eingefangen im Eis», bemerkte sie in leiser Ehrfurcht. Mich erschauerte der Gedanke, wir standen auf dem Grab eines Menschen «Im Frühjahr erst wird sein Atem an die Oberfläche gelangen.»

Sie stand auf und schüttelte den Kopf. Wir konnten ihn nicht in dieser abgrundtiefen Dunkelheit zu unseren Füßen entdecken und seinem nassen Grab entreißen.

Im Wald sammelten wir neues Feuerholz für das Lager zusammen. Runa blieb ungewohnt schweigsam. Normalerweise blieb ihre Schwester Rava immer so mysteriös ruhig. Sie war die Einzelgängerin, der einsame Wolf der Gruppe. Dennoch trug sie ihren Teil bei und war ein weithin geschätztes Mitglied in der gesamten Grenzwacht. Harda und Eberhilde fanden uns bald und unterstützten uns mit dem Feuerholz.

Später kehrten wir ins Lager zurück und saßen zusammengekauert um das karge Mittagessen. Wir sprachen in der Zeit nicht viel und lagen oder saßen schweigsam im warmen Unterschlupf. Der Nordwind tobte mit all seiner Macht wieder über uns. Das Heulen war so laut, dass ein Gespräch ohnehin zwecklos gewesen war. Wir verständigten uns nur mit Gesten und Mimik. Unsere Kundschafterin Rava war noch nicht wieder zurückgekehrt. Der Sturm machte mir schon langsam Sorgen. Elfrun schrie mir zu, dass Rava zäh und erfahren genug sei um im Nordwind zu überdauern.

Später während der Dämmerung war es draußen etwas leiser geworden. Ich kroch aus unserer Haupthöhle und kämpfte mich zu Fro durch. Der Sturm hatte erneut viel Schnee gebracht. Doch auch jetzt fing er sich nicht allzu sehr bei den Eingängen zu dem Unterschlupf. Der Standort war gut von Eldrid gewählt, dachte ich noch so bei mir und kroch unter die Äste und Zweige zu Fro und den Jungen.

Ich kümmerte mich zuerst um das Feuer, da Fro bei dem Jungen war und scheinbar eingeschlafen war. Ich setzte mich leise zu ihr und starrte förmlich in das goldrote Licht um besser zu sehen. Der Junge atmete schwerer als zuvor und auch ein leises Seufzen oder Stöhnen kam bei jedem Atemzug über seine trockenen Lippen. Ich legte etwas zusammengedrückten Schnee auf den Lappen auf seiner Stirn. Fro schreckte neben mir kurz auf und sah zu mir. Ich beruhigte sie und sie berichtete mir, dass er inzwischen zwar wacher sei, doch das Fieber falle nur langsam. Wir flößten ihm gemeinsam etwas Brühe und die von Fro hergestellte Medizin ein. Ich legte mich wieder zu dem Jungen, diesmal neben ihm und beobachtete sein fiebriges Dämmern.

Am Morgen wurde ich wach und sah Rava über mir. Sie starrte nur ruhig auf mich herunter. Ich wollte mich aus meiner seitlichen Schlafposition rollen, bemerkte aber den Jungen, der dicht an mich geschmiegt lag. Rava erkundigte sich in ihrer üblichen kurzgebundenen Art nach dem Jungen, um Fro im benachbarten Unterschlupf zu berichten. Ich erklärte ihr was ich wusste und legte meine Hand auf seine Stirn und Wangen. Das Fieber war fort, da er kühler war. Der Junge gab plötzlich ein brummelndes Geräusch von sich. Er regte sich langsam und wurde endlich wach.

«Wolfsohren», bemerkte Rava für sich selbst nüchtern und begann ihre Waffen und Teile ihrer Rüstung im vorderen Teil der Grube abzulegen. Während mich der Junge nun mit seinen großen, dunklen Augen ansah, die immer nur kurz aufklappten und vor Erschöpfung wieder zufielen. Ich erschrak kurz, da seine Augen in dem wenigen Licht wie bei einem richtigen Wolf geradezu glühten. Ich erschrak noch mehr, als ein Knurren in ihm aufstieg. Rava kroch zu mir

«Komm langsam von ihm weg», gebot sie mir mit strengem Flüstern. Ich kletterte über ihn, sein Körper war angespannt und in einer geduckten Haltung. Wieder knurrte er, nun wesentlich aggressiver. Rava korrigierte dieses Verhalten mit einem Klaps gegen seine Schulter «Hey», rief sie ihn mit hartem Ton zur Aufmerksamkeit. Er duckte sich wieder und knurrte.

«Ist er denn kein Mensch?» entfiel es mir verwundert. Rava sah kurz zu mir

«Animali haben einen ganz normalen menschlichen Verstand. Doch traumatische Erlebnisse, wie der eigene drohende Tod, können sie vorübergehend in ihre tierischen Instinkte werfen. Das ist hier geschehen.» Sie schob sich langsam näher an ihn heran. Der Wolfsjunge schnappte nach der Frau, die ihn sofort packte und auf die Seite drehte. Sie hielt ihn fest auf den Boden gedrückt, eine Hand auf seiner zugewandten Schulter, die andere drückte den aufbegehrenden Kopf zurück auf den Boden. Verheddert in der Decke konnte er seine Beine nicht zum Einsatz bringen.

«Was machst du?» rief ich besorgt um den schwachen Zustand des Jungen.

«Ihn beruhigen. Ich zähme auch wilde Wölfe auf diese Weise.» Ich saß wie versteinert von dieser Antwort da und konnte nur zusehen, wie sie ihm versuchte ihre Dominanz aufzuzwingen

«Geh besser zu den Anderen. Du verströmst Angst. Ich komme mit ihm nach sobald er ruhig ist.»

Ich warf mir meinen Mantel über und verließ den Unterschlupf rasch. Draußen graute der Morgen bereits und ich blieb für eine Weile still im säuselnden Eiswind stehen. Dicke Flocken fielen geräuschlos auf den Boden und verrieten erneut den unsichtbaren Wind in seinen Bewegungen. Ich ging eine kleine Runde und dachte über die Situation nach. Ich fragte mich was mit ihm geschehen werde, wenn er wach und bei klarem Verstand war. Die Ältesten würden ihm nicht erlauben bei der Grenzwacht zu bleiben. Auch würde er nicht bei unserem Stamm bleiben dürfen. Männer bis zu einem Alter von 16 Jahren mussten das Gebiet der Vestyren verlassen. So war es unser Brauch und Gesetz. Es galt nicht nur für die selten geborenen Söhne der Vestyren. Wie sollten sie mit einem Fremden ohne Heimat und Zuflucht umgehen? Damit bliebe der Junge vielleicht noch vier oder fünf Jahre und müsste dann fortgeschickt werden. Manchmal schlossen sich Schwestern den Söhnen an. Ich überlegte, ob ich das vielleicht auch tun würde. Verwarf die Idee aber wieder, da ich praktisch gar nichts über den Jungen wusste.

Während meiner kleinen Wanderung durch den Tannenwald, in dem es wieder dunkler war, bemerkte ich finstere Umrisse durch den Schnee waten. Ich eilte so geräuschlos und unauffällig zum Lager zurück und alarmierte die anderen, da ich keine frischen Spuren vom Lager fortgehen sah. Ich wurde bei meiner Rückkehr darin bestätigt, da alle anderen im Lager sein sollten. Wir machten uns für den Kampf bereit und traten in die graue Stille des Morgens. Unsere Alarmierung sollte sich jedoch als unnötig herausstellen. Die Umrisse gehörten zu zwei verirrten Händlern, die vom Nordsturm überrascht wurden. Bei einem warmen Haferbrei berichteten sie ihre Geschichte. Sie waren zu viert und hatten nun bereits zwei Kameraden in Schnee und Eis verloren. Die beiden verbliebenden Händler wollten nicht länger am festgefahrenen Wagen ausharren und suchten ihr Glück darin einen Unterschlupf zu finden. Wir versorgten die beiden durchgefrorenen Gestalten und setzten sie an unser Lagerfeuer. Fro besah sich die beiden ebenso.

Aldo, war ein ergrauter Mann mit dichtem, langen Bart und der ältere der beiden. Sein wettervernarbtes Gesicht wurde von dem dicken Fell seiner Kapuze umrahmt und er trug einen dicken Mantel. Der jüngere nannte sich Felt, er hatte pechschwarzes, lockiges Haar und einen kurzen Bart. Seine Winterkleidung bestand ebenso aus einem dicken Mantel und einer Filzmütze mit etwas Pelzbesatz. Beide waren augenscheinlich nicht allzu gut betucht. Ihre Kleidung war eher von praktischer Natur und auch etwas heruntergekommen.

Die beiden berichteten von Hoenheim aus auf dem Weg nach Nussborn zu sein. Sie handeln mit den verschiedensten Waren und reisten als Gruppe für mehr Sicherheit. Der jüngere Händler verkaufte Lederwaren und kleine Metallarbeiten. Fro wurde jedoch sofort aufmerksam als Aldo davon berichtete ein Kräuterhändler zu sein. Er holte seine Tasche hervor, in der sich bündelweise getrocknete Kräuter, Salben, Öle und andere Tinkturen befanden. Die beiden unterhielten sich rege um die verschiedenen Mittelchen und Anwendungsbereiche, dass mir bald der Kopf schwirrte. Fro erkundigte sich bei ihm wohl nach Medizin für den Jungen. Am Ende schenkte Aldo ihr sogar einen Teil seiner Ware als Dank für unsere Hilfe.

Ich kehrte zu Rava und dem Jungen am folgenden Morgen zurück. Niemand hatte mehr etwas von ihnen gehört oder gesehen. Rava schien noch zu schlafen, als ich an sie heran kroch. Ich gewöhnte mich an das Licht und suchte mit den Augen die graue Dunkelheit ab. Etwas regte sich am anderen Ende der Höhle. Ein leises Gähnen war zu vernehmen und die Bewegungen im Halbdunkel nahmen zu. Ein Paar Augen glühten mir entgegen und mir stockte der Atem vor Schreck. Da war plötzlich das Gesicht von Rava zu erkennen, die zu mir sah.

«Es geht ihm besser», drang ihre leise, raue Stimme zu mir herüber «Doch sein Wolf hat seinen Verstand überwältigt.» Ich verstand ihre Worte zu Anfang nicht, merkte aber schnell, dass der Junge sich wie ein junger Hund verhielt und von Rava genauso gemaßregelt wurde. Es dauerte etwas, doch wir schafften es ihm seine Kleidung wieder anzulegen. Dabei beschnupperte er mich interessiert. Er musste meinen Geruch an sich selbst bemerkt haben, darum blieb er wohl auch so friedlich. Wir führten ihn vorsichtig zum Eingang des Unterschlupfs und ließen langsam mehr und mehr von der kalten aber frischen Luft eindringen. Schließlich traten wir vorsichtig hinaus. Rava, wie auch der Junge, waren für einige Momente von der trübgrauen Helligkeit geblendet. Ich berichtete ihr von den beiden verirrten Händlern, die inzwischen bei uns waren und der möglicherweise neuen Medizin für den Jungen. Rava beantwortete diese Informationen mit ihrer üblichen pragmatischen Art

«Seinen Verstand kann keine Medizin zurückbringen», erklärte sie nüchtern und kletterte in den großen mittleren Unterschlupf zu den anderen. Ich folgte ihr, während der Junge nicht von meiner Seite wich.

Ich ließ mich nah am Feuer nieder, während es sich der Junge ganz ungeniert auf meinem Schoß gemütlich machte. Mir war das natürlich unangenehm und ich spähte vorsichtig die Reaktion der anderen aus. Doch die meisten kümmerten sich im ersten Moment nicht um uns. Erst der Ausruf des alten Händlers ließ sie aufsehen und den Jungen scheinbar jetzt erst bemerken.

«Was macht denn dieser Junge hier?» rief Aldo überrascht, als er das Kind erblickte, das sich an mich schmiegte.

Eldrid schien für einen Moment alarmiert und berichtete in aller Kürze um das Schicksal der beiden Brüder. Direkt darauf hinterfragte sie die Verwunderung des Mannes. Wie wir anderen, so erhoffte auch sie sich mehr Auskunft über die ungleichen Brüder. Aldo berichtete, dass er den Jungen in Begleitung eines Mannes in Hoenheim gesehen habe. Er hörte zufällig aus dem Gespräch der beiden, dass sie ebenso auf dem Weg nach Nussborn seien und fragte sie höflich, ob sie sich ihrer Händlergruppe anzuschließen wollten. Der Junge sei ein aufgewecktes, freundliches Kerlchen gewesen. Er habe versucht seinen Bruder von der gemeinsamen Reise zu überzeugen, der lehnte dies jedoch strikt ab. Überhaupt sei er nicht sehr gesprächig gewesen und in seinen Augen habe eine lauernde Finsternis gelegen. Dennoch sei seine, wenn auch nachdrückliche Ablehnung sehr höflich und galant gewesen. Er mutmaßte, der Mann sei von edlem Blute und wollte nicht mit einfachen Kaufleuten reisen. Er müsse zudem in Eile gewesen sein, da ihm der Händlertross zu langsam sei. Mehr wusste Felt nicht zu berichten. Felt bestätigte die Ausführungen seines Reisegefährten. Eldrid schien über die wenigen Informationen nicht sehr begeistert. Im Wesentlichen wussten wir auch nicht wirklich mehr.

Nach einer Stärkung ließ Eldrid die beiden Händler durch Gry und Harda auf den Weg nach Nussborn begleiten. Nachdem Fro den Jungen für transportfähig erklärte, brachen auch wir unser Lager ab. Der Nordwind blieb schwach und so zogen wir weiter zum Grenzwachposten nahe dem Immergrünen Hain. Wir trugen abwechselnd den Jungen da er Fro noch zu schwach für den langen Weg erschien. Am Abend, kurz vor dem erneuten Aufbrausen des Nordwindes, erreichten wir den Wachposten. Wir richteten uns dort für ein längeres Quartier ein.

In den nächsten Tagen waren wir alle beschäftigt. Die meisten Kriegerinnen kümmerten sich um Ausbesserungsarbeiten an dem Wachposten selbst, sie waren auf der Jagd oder setzten ihre Ausrüstung instand. So harrten wir weitere Wochen aus und waren praktisch Gefangene des harschen Wetters.

Ich selbst war derweil fast tagein, tagaus mit dem Jungen beschäftigt, der mir auf Schritt und Tritt folgte. Die Göttin selbst weiß, ich bemühte mich redlich ihm wieder Verstand einzuflößen. Ich sprach viel mit ihm, versuchte ihm wieder menschliche Manieren bei zu bringen. Doch bei all meinen Versuchen, blieb es bei eben diesen auch. So kam es, dass wir in einer besonders stürmischen Nacht alle zusammen in der Kemenate des massiven, aus grobgehauenen Steinen errichteten Wehrturmes saßen und über das Schicksal des Jungen berieten. Eldrid sprach sich dagegen aus das Kind allzu lange bei der Gruppe zu behalten, da er auf Dauer eine Last sei. Fro und auch Elfrun standen mir bei, dass wir ihn bei uns behalten müssten, zumindest solange bis eine sichere Bleibe für ihn gefunden werde. Die Geschwister Rava und Runa waren über die lange Debatte schweigsam geblieben. Sie sahen sich nur manchmal abwechselnd an und tauschten die nur für sie in ihrer Bedeutung zu erkennenden, vielsagenden Blicke aus. Runa schlug schließlich unvermittelt vor den Jungen zu den Helbryden, den Druidinnen des Immergrünen Hains, zu bringen. Sie würden sicherlich Mittel und Wege kennen den Jungen zurück zu holen oder ihm vielleicht vorübergehend sogar Obdach gewähren. Eldrid stimmte dem überraschend zu. Es wurde also entschieden, dass Runa, Rava, der Junge und sogar ich, als vertraute Bezugsperson für das verwilderte Kind am morgigen Tag aufbrechen sollten.

Ich schlief in der Nacht über die bloße Vorstellung einen Heiligen Hain mit seinen Weißen Frauen zu besuchen, sehr unruhig. Der Junge dagegen lag dicht an meiner Seite und umklammerte meinen Arm. Er schlief wie ein Stein. Meine Aufregung indes und der heulende Wind draußen ließen mich lange nicht in den Schlaf versinken.

Die Schwestern bemalten sich am Morgen die Gesichter mit einer zusammengerührten Paste aus der kalten Asche unseres Feuers und Öl. Sie zeichneten sich gegenseitig mit den Runen des Druidenkreises der Helbryden. Auch ich erhielt eine Rune über das linke Auge und Schläfe, die sich bis über meine Wange fortzog.

Der Nordwind hatte etwas nachgelassen und so beeilten wir uns rasch den Weg in den Immergrünen Hain aufzunehmen. Die Schwestern waren seit ihrer Bemalung immer stiller geworden. Selbst Runa war nun so schweigsam und undurchsichtig mit ihren kargen Antworten auf meine Fragen, wie ich es normalerweise nur von Rava gewohnt war. Gerade Fragen zu den Runen und den Helbryden ging sie aus dem Weg. Ich beobachtete darum den Jungen, der tollend zwischen den Bäumen herumlief. Er war inzwischen wieder zu Kräften gekommen, sodass er uns schier mühelos folgen konnte, trotz aller Umwege, Haken und Bögen, die er lief. Mir fiel bei dieser Ablenkung erst sehr spät auf, dass wir den einfachen Nadelwald hinter uns gelassen hatten und nun in einem dichten Waldstück aus uralten, knorrigen Eichen standen. Ich blieb unwillkürlich stehen und horchte. Die normale Winterstille war gefühlt noch stiller geworden. Selbst der heulende Wind war weder zu hören, noch zu spüren. Der leichte Schneefall, der uns schon den gesamten Tag begleitet hatte, hatte aufgehört und der braungraue Boden hatte sein schneeweißes Kleid verloren. Diese schon düstere Umgebung erinnerte mich an den einsetzenden Frühling, wenn der Schnee schmolz, es aber immer noch eisigkalt war.

Der Junge kam plötzlich zu mir gelaufen und warf sich an mich. Er blickte besorgt in den Wald neben uns. Rava sah ebenfalls bereits in dieselbe Richtung und Runa trat langsam zu dem nun ungewohnten weißen Fleck am Fuße einer großen verwachsenen Eiche. Das kauernde Weiß erhob sich und wandte sich uns zu. Es war eine Frau in einem schneeweißen Kapuzenkleid. In der rechten hielt sie eine Sichel, in der Linken trug sie ein Bündel ergrauter Pflanzen. Sie musterte unsere Gruppe und bemerkte die Zeichen auf unseren Gesichtern. Runa trat zu ihr hin, während Rava den Jungen festhielt, der sich wieder traute sich der weißen Frau zu nähern. Die beiden unterhielten sich leise miteinander und die Druidin sah immer wieder kurz zu dem Jungen. Sie schienen übereingekommen und Runa winkte uns mit dem Kopf zu folgen. Rava brachte den Jungen zu mir und gebot mir ihn unter allen Umständen bei mir zu behalten. Die Druidin holte ihren Korb und legte die Pflanzen zu den anderen Bündeln und hängte auch die Sichel an ihren aus einem einfachen Seil gefertigten Gürtel.

Wir durchwanderten den Wald, der mir unmerklich langsam immer seltsamer vorkam. Doch ich konnte zuerst nicht sagen was es war, das mir Unbehagen bereitete. Schließlich fiel mir irgendwann auf, was es war. Der Boden und die Pflanzen hatten eine kräftigere Farbe angenommen. Das verwaschene Grauweiß von Frost und Eis waren fortgetaut, ein dampfender Nebel lag eine Weile zu unseren Füßen. Es war als würde ich mit jedem Schritt tiefer in den Wald, in den Frühling und Sommer treten. Die erfrorenen Blätter wechselten ihre Farbe von dem winterlichen Totengrau zu den bunten Herbstfarben und schließlich in saftiges Grün zurück. Sogar Blumen sah ich vereinzelt blühen. Allein die unsagbare Dunkelheit, hervorgerufen durch die immer dichter werdenden Baumkronen dieser uralten Bäume ließen mich diesen wunderbaren, lebendigen Anblick nicht genießen. Wir gingen auf einen schmalen Pfad, der uns von einer kleinen Lichtung zur nächsten leitete. Die meiste Zeit wanderten wir dabei durch absolute Dunkelheit. Allein diese Lichtungen erzeugten einen Fixpunkt leuchtend grüner Oasen vor unseren Augen. Grelles Sonnenlicht flutete diese Punkte und warf ein atmosphärisches Goldgelb auf die vor Leben surrenden und sirrenden Inseln in diesen ewigen Nachtwald.

Das absolute Schweigen unserer Gruppe verunsicherte mich. Niemand brachte auch nur eine Silbe heraus. Selbst der Junge, der zuweilen eine Art Bellen von sich gab, versteckte sich unter meinem Mantel und drängte sich dicht an mir.

Die mystische Dunkelheit des Waldes lichtete sich, als wir den äußersten Ausläufer einer kleinen

Siedlung betraten. Die kärglichen Hütten waren
vollständig von der Natur umwoben. Sie waren in
die Felsen geschlagen oder unter Felsen errichtet
worden. Ihre Dächer waren mit Gras und Blumen
überwachsen oder von den Wurzeln riesenhafter
Eichen überwuchert. Die in die natürliche Umgebung erschreckend perfekt eingebetteten Hütten
waren erkennbar in drei größer werdenden Ringen
angelegt. Zu den meisten Häusern gab es kleine
Gärten mit Blumen, Kräutern und Nutzpflanzen.
Wir traten durch alle drei Ringe in das Zentrum der
kreisrunden Siedlung. Hier bemerkten wir immer
mehr Frauen in Weiß und Runen im Gesicht. Sie
beobachteten uns, wie wir sie auch beobachteten. Im
Zentrum angekommen stand verdeckt hinter versetzt angeordneten und mit Runen gravierten, zyklopische Monolithen das Heiligtum dieses Hains.

Dieses Heiligtum war nicht vollständig zwischen
dem Felsbehau zu erkennen. Es schien ein Abbild
der Erdmutter zu sein. Jedoch war es ein Idol von
ihr, wie ich es noch nie sah. Die große Steinstatue
schien eine barbusige, schwangere Frauengestalt

darzustellen. Sie war von Efeu umwittert und hatte eine Krone aus blühenden, aber sonst kahlen Zweigen. Allein ihre Geste der markant offen gehaltenen und darbietenden Hände erinnerten mich an die Darstellungen der Erdmutter, wie ich sie aus meinem Dorf kannte.

Wir erreichten eine Hütte die inmitten einer Gruppe runenbehauenen Findlingen stand. Auf dieser Hütte thronte die größte von all den titanischen Eichen. Sie überspannte mit ihrer Krone den gesamten Platz des Heiligtums und ließ nur einen kleinen Lichtkegel auf die Statue niederfallen. Die uns begleitende Druidin trat kurz in das einem Schrein oder Tempel ähnelnde Haus. Wir warteten, während Rava uns andere alle musterte. Eine Gruppe alter Druidinnen trat zu uns hinaus.

«Das ist die Ehrwürdige Mutter und oberste Priesterin der Erdmutter, zolle ihr Respekt», raunte Rava mir zu und deutete mit den Augen zu einer uralten, gebückt gehenden Frau mit schneeweißem, wallenden Haar, in das Blumen und Perlen geflochten waren. Ihr Gesicht war in Würde gealtert und strahlte trotz seiner Gebrechlichkeit eine unvorstellbare Erhabenheit auf mich aus. Sie wirkte in ihrer schlanken Robe, die zu groß für sie wirkte, spindeldürr. Um ihre Taille lagen drei farbige Bänder. Die übrigen grauhaarigen Frauen, welche die scheinbar blinde Frau führten, mussten kaum jünger sein. Auch sie trugen mehrere Gürtel und ihr Haarschmuck unterschied sie von den übrigen, jüngeren Druidinnen. Runa trat zu der Alten Mutter, kniete sich vor ihr hin und küsste ihre Hand. Die blinde Frau lächelte und streichelte Runas Wange. Sie sprachen leise miteinander und auch Rava ging zu der Frau. Ravas Begrüßung war wie immer unterkühlt, aber die alte Druidin erwiderte sie mit einer unbeirrten Herzlichkeit. Sie sprachen eine Weile leise miteinander, während die nur ergrauten Druidinnen immer wieder zu mir und dem Jungen herüber sahen. Sie schienen übereingekommen zu sein, denn Runa trat wieder zu uns zurück.

«Sie werden für ihn die Runen der Göttin befragen. Die Göttin allein, wird darüber entscheiden, ob er ihren Segen empfangen wird.»

Ich nickte nur, denn ich traute mich immer noch nicht auch nur eine Silbe an diesem heiligen Ort über meine Lippen kommen zu lassen. Wir folgten der Gruppe langsam in das Heiligtum und setzten uns zu den Füßen der Statue. Ich nahm den Jungen auf meinen Schoß, da er sich vor der Statue zu fürchten schien. Mir ging es ähnlich, doch Runa und Rava vertrauten den Druidinnen und so hielt ich ihn fest und kratzte mit meinen Fingernägeln sanft über seinen Rücken. Das hatte ihn bislang immer ruhig werden lassen. Es gelang mir auch dieses Mal.

Eine Druidin mit einem aus knorrigen Wurzeln gefertigten Geweih über dem Kopf brachte der Alten Mutter einen Beutel. Die Alte Mutter entnahm dem Beutel flache Steine und Knochenplättchen. In allen waren Runen und Zeichen auf beiden Seiten eingeschnitzt. Ein Teil war mit schwarzer, roter, blauer und grüner Tinte nachgezogen. Die Alte Mutter beschwor die Erdenmutter und warf die Runen auf eine kreisrunde Steinplatte, in der Mitte von unserem Kreis. Die Runen fielen klappernd und klirrend auf den Stein und zeigten ein wirres Durcheinander.

Die Alte Mutter befühlte vorsichtig die Runen und verschob sie langsam in Gruppen. Ich beobachtete sie und mir kam die Frau mehr und mehr wie ein Skelett vor. Ich überlegte, ob der Junge nicht vielleicht doch eher Angst vor ihr als vor dem Heiligtum hatte. Es dauerte und sie murmelte nur vor sich hin. Ich verstand nicht was sie sagte. Schließlich weiteten sich ihre Augen in den dunklen Höhlen und sahen zu dem Jungen

«Die Göttin ist ihm wohlgesonnen», krächzte sie in einer untypischen Unruhe «Er wird Hilfe von ihren Priesterinnen erfahren und diese Hilfe wird ihm seinen Verstand zurückgeben.» Die Alte Mutter ließ sich aufhelfen und zog sich zurück. Ihre bestürzte Besorgnis übertrug sich auf den Rest der Gruppe. Sie nahmen den Jungen mit sich, da wir an den spirituellen Ritualen nicht teilnehmen durften, wie uns eine der zurückgebliebenen Frauen berichtete.

Die langsam ergrauende Frau stellte sich mir als Drya vor und gab sich als die Ziehmutter von Runa und Rava zu erkennen. Sie nahm uns drei für die Zeit unseres Aufenthaltes in ihrer Hütte auf. Die grasüberwachsene Hütte war nicht sonderlich groß, aber ich befand sie für recht gemütlich. Bei einem kleinen Mahl zeigte ich mich besorgt um das Schicksal des Jungen. Drya beruhigte mich

«Die Alte Mutter weiß was sie tut. Was die Göttin möchte, das wird von uns getan.» Runa fragte sie daraufhin was wir uns alle fragten

«Ich habe die Alte Mutter noch nie so besorgt gesehen. Mir schien es fast als fürchte sie sich vor dem was die Erdmutter ihr durch die Runen gesagt hat.» Drya aber schüttelte nur den Kopf

«Ich habe die Alte Mutter noch nie zuvor so erlebt. Ich kann dir nicht sagen, was sie in den Runen gesehen hat.»

Während Runa und Rava einige alte Bekannte und vertraute Orte ihrer einstmaligen Heimat besuchten, blieb ich bei Drya zurück. Ich berichtete ihr um das traurige Schicksal des älteren Bruders. Sie erzählte mir dagegen bis zum späten Nachmittag von diesem magischen Ort.

Der Immergrüne Hain führte sich auf eine Zeit zurück, in der das Nordreich in einem immerwährenden Winter und Nacht gefangen war. Selbst in den Zeiten die wir heute als Sommer kannten fiel Schnee und der Boden war hart gefroren. Kein Leben konnte hier lange überdauern. Eine weise alte Eremitin durchwanderte in dieser Schneewüste das Land um der Erdenmutter an dieser verlassenen Einöde zu huldigen. Eine Jüngerin begleitete sie auf dem beschwerlichen Weg. Bei dem starken Nordwind suchten sie Schutz zwischen den Monolithen, die heute das Heiligtum umfassten. Die Jüngerin flehte die weise Frau an, umzukehren und die Wärme und den Schutz einer nahen Jägerhütte wieder aufzusuchen. Doch die alte Frau grub den Schnee beiseite, bis sie den Erdboden erreichte. Sie bot der Erdmutter ihre Opfer dar. Sie betete und die Jüngerin flehte abermals die weise Frau an zu gehen. Doch sie blieb in ihrem Gebet verinnerlicht. Die Jüngerin floh alleine aus Furcht um ihr Leben. Sie kehrte in den verlassenen Unterschlupf zweier Pelzjäger ein, wo sie zuvor schon einmal Rast eingelegt hatten. Die Jüngerin reute bald die alte Frau alleine zurück gelassen zu haben und kehrte an den Schrein zurück. Doch wo zuvor nur karge Felsen und Schnee lagen, da war ein Wald erwachsen und der Frühling hatte Einzug gehalten. Die alte weise Frau saß zu den Füßen einer Statue in Frauengestalt, deren Haupt geschmückt von Blumen und Früchten war. Die Alte berichtete nun der Jüngerin die Erdmutter um ihren Schutz und Rettung vor Schnee und Kälte angefleht zu haben. Ihre Bitte wurde von der Göttin erhört. Sie ließ den Schnee schmelzen und die Erde tauen. Bäume erwuchsen zum Schutz vor dem scharfen Wind und Früchte des Feldes und der Bäume entsprossen dem Boden um sie zu nähren. Die Jüngerin zog los und berichtete den weisen Frauen und Druidinnen ihres Stammes um diese wundersame Geschichte und so wurde der Immergrüne Hain das Zentrum des Druidenzirkels der Helbryden.

Am Abend suchte uns die Alte Mutter in Dryas Hütte auf. Sie hatte den Jungen bei sich, der sie ruhig begleitete. Seine Miene lag in ernster Verschlossenheit und seine Augen sahen sich forschend um. Sein Blick wirkte viel klarer und fokussierter als zuvor. Er nickte uns nur zur Begrüßung zu und sah zu der Alten Mutter, an deren Hand er ging.

«Das sind Alwine, Runa und Rava. Sie haben dich gerettet und zu mir gebracht um deinen Verstand zurück zu holen.» Er sah mit diesem Wissen erneut zu uns. Er betrachtete jede von uns genau, als wolle er sich unsere Gesichtszüge einprägen.

«Danke», sprach er schließlich leise und trat etwas in die kleine Wohnung hinein. Er senkte das Haupt und sah vor sich auf den Boden «Was ist mit meinem Bruder geschehen?» Wir wechselten Blicke wer ihm die traurige Botschaft überbringen sollte. Ich winkte ihn schließlich zu mir, da ich von Rava nicht erwartete so eine heikle Nachricht richtig herüber zu bringen und Runa zögerte. Ich ließ ihn bei mir Platz nehmen und stockte als er erneut näher an mich herankam und an mir roch. Er wirkte irritiert

«Warum trage ich deinen Geruch?» fragte er mit schmalen Augen. Ich stockte über diese seltsame Frage und lenkte das Augenmerk zuerst einmal auf das Schicksal seines Bruders. Mir schien es sinnvoller ihm zuerst die schlechte Nachricht zu überbringen und ihm dann über seine Rettung und Heilung zu erzählen. So berichtete ich ihm von dem Einbruch durchs Eis und seiner Rettung. Behutsam erklärte ich ihm, dass sein Bruder es nicht heraus geschafft hatte und Rava erklärte ihm recht nüchtern die Einzelheiten am Eisloch. Sein Bruder hob ihn aus dem Wasser, sodass sie ihn herausziehen konnte. Er trug ihr auf sich um ihn zu kümmern, dann versank er ihm See. Ich hatte viele Reaktionen erwartet und mich auf noch mehr vorbereitet. Doch die Reaktion die er zeigte war so erschütternd anders. Er sah mich nur mit großen Augen an und gab ein einziges «Oh» in ruhigsten Ton von sich. Was er mich danach fragte war noch seltsamer «Darf ich so lange bei euch bleiben?» Wir sahen uns einander an. Seine kindliche, naive Frage suggerierte eine Annahme, die uns allen nicht behagte.

«Was meinst du damit? Bei uns bleiben, bis was geschieht?» er sah zu Runa, die sich getraut hatte die Frage zu stellen.

«Na bis mein Bruder mich abholt. Er wird sich sicherlich auch bei euch bedanken wollen.» Er sprach diese Worte mit einer solchen Selbstverständlichkeit, dass er sie wirklich glauben musste. Wir sahen unweigerlich alle zur Alten Mutter, da wir daran zweifelten, dass sein Verstand wirklich wieder hergestellt war. Sie wirkte ernster als jemals zuvor. Das im Schatten des Herdfeuers geworfene, uralte Gesicht hatte etwas Gespenstiges angenommen.

«Es ist der Wille der Göttin. Kümmert euch um den Jungen wie ihr füreinander kümmert», sprach sie streng. Sie verabschiedete sich überraschend schnell, da sie müde von dem Ritual sei und wünschte uns morgen eine gute Heimreise.

Die freundlich gemeinten Worte wirkten für mich mehr wie eine Aufforderung morgen abzureisen. In ihrer Stimme lag eine gewisse Furcht. Hatte sie Angst vor dem Jungen? Wir vier Frauen saßen nun mit ihm alleine zusammen, wobei er uns interessiert ansah. Seine Wolfsrute bewegte sich hin und her, während er die Beine schaukeln ließ

«Also, warum habe ich deinen Geruch an mir?» Wiederholte er seine Frage und sah mich mit schmalen Augen an. Ich erklärte ihm mit Unterstützung von Runa und Rava seine Rettung und Heilung. Drya brachte uns darüber das Abendessen und einige Stunden später gingen wir Schlafen. Der Junge, der sich inzwischen als Thesem vorgestellt hatte, hatte für mich überraschend erneut meine Nähe beim schlafen gesucht. Er lag nun zwar nicht mehr so dicht an mir und auch mit dem Rücken zu mir, jedoch hielt sein Wolfsschwanz immer noch Kontakt zu meinem Körper. Es schien ihn ruhiger schlafen zu lassen und so ließ ich ihn gewähren.

Am nächsten Morgen reisten wir nach einer herzlichen Verabschiedung von Drya ab und erreichten nach einem halben Tag Fußmarsch wieder den Wachturm. Thesem lief dabei wieder fröhlich abseits der Wege. Er tollte um uns herum und entdeckte den langsam wieder in Winter verfallenden Wald für sich.

Als wir den Wachturm erreichten, stand Thesem wieder dichter bei mir und musterte die anderen Kriegerinnen unserer Gruppe. Eldrid ließ sich von Runa unsere Reise erklären und nahm die Aufforderung der Alten Mutter, Thesem bei uns aufzunehmen, recht gelassen auf. Sie fügte sich den Worten der heiligen Frau und nahm sich den Jungen selbst einmal vor. Sie erklärte ihm die Regeln der Grenzwacht und wie er sich zu verhalten hatte. Sie gebot ihm in den Fällen von Gefahr oder Kampf sich bei ihnen zu halten. Er bestätigte alle Regeln die sie ihm auferlegte. Einzig ihre Sorge um die Regeln bei Kämpfen konnte er nicht teilen. Er schlug sich auf die Brust und erklärte ihr ein guter Kämpfer zu sein. Ich hatte Eldrid noch nie so beeindruckt gesehen, denn Thesem sprach diese Worte nicht in der üblichen übertriebenen, kindlichen Manier. Sein Auftreten in diesem Moment war das eines erwachsenen und kampferprobten Kriegers. Er berichtete uns im Nachmittag von den Reisen mit seinem Bruder und den vielen Gefahren denen sie trotzten.

Von seinen Geschichten wusste er viele Abende des Winters zu erzählen. Auch integrierte er sich sehr schnell in unsere Gruppe. Er half wo er konnte und alle Mitglieder unserer Gruppe konnten ihn gut leiden. In einem ruhigen Moment jedoch hörte ich einmal Runa mit Eldrid sprechen. Sie befürchtete, dass Thesems Verstand den Tod seines Bruders verdrängt habe. Nach der langen Zeit glaubte er immer noch, dass sein Bruder ihn bald abholen werde. Dies geschah laut seinen Geschichten in ähnlichen Weisen schon das eine oder andere Mal. Doch bei diesen sah es immer nur so aus als sei er gestorben oder bloße Gerüchte hatten Thesem hierzu erreicht. Hier aber waren mindestens Rava und auch ich Zeuge von dem jämmerlichen Tod des älteren Bruders. Eldrid erklärte ihr, dass sie dieses Verhalten erst einmal dulden werde. Er werde schon zu einem späteren Zeitpunkt selbst darauf kommen.

Einige Monate später kam der Frühling und mit ihm die nun wieder wachsende Gefahr der Raubzüge der bellumischen Krieger. Ihr Stammgebiet lag auf Mittreich, doch sie fuhren jedes Jahr von Frühjahr bis zum ersten Schnee über das Meer und plünderten auf unserem Land. Sie überfielen unsere Siedlungen, raubten die jungen Mädchen und unsere Besitztümer. Viele Jahre hatten dies unsere Ältesten hingenommen, doch irgendwann erhob sich unser Stamm gegen diese Ungerechtigkeit. Wir kämpften gegen die grobschlächtigen Krieger und auch wenn wir nicht immer verhindern konnten, dass Frauen unseres Stammes geraubt oder geschändet wurden, so machten wir es ihnen zumindest nicht mehr ganz so einfach. Gerade die Kriegsjungfern, über Jahre kampferprobte und erfahrene Kriegerinnen waren eine ernste und von den Räubern respektierte Bedrohung. Dennoch blieb es irgendwie eine absurde Situation. Denn auch wir Vestyren zogen unseren Nutzen aus diesen Raubzügen. Bei den Kämpfen die die Krieger der Bellumen verloren, machten auch wir Gefangene, um unseren Fortbestand zu sichern. Ich selbst wie auch die meisten anderen Vestyren stammen von den Bellumen ab. Schließlich konnte eine Frau ohne einen Mann nicht schwanger werden. Jedoch war dies ein offenes Geheimnis und eine allgemein anerkannte Tatsache, über die alle Bescheid wussten. Keine Vestyre und wahrscheinlich auch kein Bellume redeten allerdings darüber.

Die ersten Raubzüge kamen uns bald durch Berichte zu Ohren und wir kehrten in unser Wachgebiet im Winter zurück. Kämpfe, Rückzüge und Angriffe waren in dem einsetzenden Tauwetter des Frühjahrs nun an der Tagesordnung. Ich schickte mich mit meinem Bogen an unsere Kämpferinnen bei Kräften in den brutalen Kämpfen zu unterstützen. Thesem hingegen wurde von den großen grobschlächtigen Kriegern allzu oft unterschätzt. Er entpuppte sich mitunter als einer unserer besten Kämpfer. Seine Agilität und seine Entschlossenheit suchte im Kampf seinesgleichen. Er benutzte zwar nur seine Messer im Nahkampf, doch die Mithril-Klingen konnten fast mühelos die Panzerung seiner Feinde durchdringen. Seine Taktik bestand in der Regel darin den ersten Angriff der Gruppe zu führen. Er sprang den augenscheinlich größten und stärksten Krieger an, streckte ihn mit dutzenden Messerstichen nieder und zog sich rasch zurück. Er ließ die restlichen Feinde dann mit einer Mischung aus Zorn und Entsetzen zurück. Danach setzte sofort der Angriff von uns Bogenschützen gegen den in Schock gelähmten Feind ein, ehe die Nahkämpfer auf die restlichen Kämpfer losgingen, allen voran wieder Thesem. Wir fuhren mit dieser Taktik recht gut, da uns die Bellumen meistens in kleinen Gruppen begegneten.

Eines Tages hatte Rava eine sehr große Gruppe von Kriegern ausgemacht. Sie mussten mit mehreren Schiffen gekommen sein. Rava belauschte sie bei ihrem Nachtlager und brachte alarmierende Neuigkeiten. Sie hatten vor die nahen Siedlungen Nussborn und Hoenheim anzugreifen. Beide Städte waren Teil der wichtigsten Handelsstraße unseres Stammes. Von den letzten Raubzügen hatte einer der Krieger eine Karte gefertigt und sie beabsichtigten eben diese Handelsstraße abzugehen und alles auf ihrem Weg zu rauben und zu plündern. Eldrid legte den Plan fest die große Gruppe am Vorankommen zu stören und uns Zeit zu verschaffen. Sie erkor Thesem und mich aus die Städte zu warnen. Die Einwände von Thesem, Eldrid bräuchte ihn im Kampf bestätigte sie ihm. Doch sie wollte uns beide durch die bereits in die Wälder eingesickerten Späher und Kundschafter besser geschützt wissen. Wir beide waren schnell und sie traute uns beiden zu dem Feind zu entkommen.

Bei unserer Abreise instruierte uns Rava erneut um den Weg und die zu erwartenden Gefahren. Wir brachen auf und eilten uns durch den nur langsam erwachenden Wald. Die Landschaft hatte zwar langsam ihr weißes Winterkleid abgelegt, doch an vielen Stellen lag noch Schnee und Eis. Wir mussten Acht geben, da die Mischung aus tauendem Schnee und Schlamm den Untergrund ab Mittag wieder sehr rutschig werden ließ.

Wir erreichten nach einem anstrengenden Fußmarsch Hoenheim. Doch kamen wir zu spät. Eine andere Gruppe Räuber musste uns zuvorgekommen sein. Die Gebäude der Stadt waren bis auf die Grundmauern niedergebrannt. Die Ruinen schwelten noch, was bedeuten musste, dass der Überfall noch nicht lange her war. Wir eilten sofort weiter nach Nussborn, das fünf Tagesmärsche entfernt lag. Nach der ersten Tagesreise schlugen wir unser Lager in einem Dickicht kahler Büsche und Sträucher auf. An dem winzigen Lagerfeuer, das wir klein hielten um nicht durch seinen Schein entdeckt zu werden, kauerten wir dicht beieinander. Aufgrund unserer häufigen Nähe zueinander war diese Intimität für uns nichts Ungewohntes mehr. Jedoch empfanden wir beiderseits diese Nähe nur als zweckdienlich und keineswegs als amourös. Thesem empfahl einen etwas westlicheren Pfad einzuschlagen. Ich fragte ihn warum, doch er antwortete mir darauf nicht. Als das Feuer zur reinen Glut verkommen war, hielten wir uns gegenseitig warm und schliefen abwechselnd für wenige Stunden.

Als Thesem seine zweite Nachtwache hielt, riss er mich unsanft aus meinem Schlaf. Er hielt mir seine Hand vor den Mund und raunte mir zu, dass er Geräusche im Wald vernommen hatte. Ich spürte wie er sich von mir löste und sich fast geräuschlos von mir entfernte. Ein besonderer Vorteil seiner Animalität war neben seinem unglaublich guten Gehör auch die Fähigkeit in der noch schwärzesten Nacht etwas sehen zu können. Genau wie es ein richtiger Wolf auch konnte. Ich lauschte angestrengt und hörte ebenfalls Gemurmel in der mich umflutenden Dunkelheit. Ich musste meinen Schreck unterdrücken, als Thesem mich am Handgelenkt fasste und mich mit sich riss.

Die Stimmen wurden lauter. Fackelschein glühte hinter uns auf und wir nahmen die Beine in die Hand. Querfeldein durch das Gesträuch. Thesem führte mich zwischen die Bäume hindurch, sodass ich abgesehen einiger Schrammen fast unbeschadet durch das Unterholz kam. Die Stimmen hinter uns waren deutlich zu vernehmen, entfernten sich aber langsam, da die Krieger nicht so sicher durch das Unterholz gelangten.

Im grauenden Morgen erst machten wir eine kurze Rast und tranken vorsichtig das eiskalte Wasser eines kleinen Baches. Thesem berichtete mir, dass er eine kleine Runde um unser Lager gemacht hatte und praktisch in das Lager der bellumischen Räuber gestolpert war. Sie lagerten beinah nur einen Steinwurf von uns. Es war pures Glück, dass wir uns zuerst nicht gegenseitig bemerkt hatten.

Unsere Pause sollte nur von kurzer Dauer sein. Thesems zuckende Ohren kündeten von neuer Gefahr und wir entdeckten acht oder zehn der rohen

Krieger aus dem Dickicht stampfen. Ihre dichten Bärte quollen unter den Eisenhelmen hervor. Ihre Rüstungen bestanden aus Kettenhemd und Lederplatten. Darüber trugen sie dicke Mäntel und Tierfelle, die sie vor der Kälte schützten. Wir traten wieder die Flucht an. Auch Thesem musste einsehen, dass wir im Augenblick keine Chance auf offenem Gelände gegen so viele Krieger hatten. Wir flüchteten erneut. Wir einigten uns in unserer Hast darauf, dass wir sie unbedingt von Nussborn fern halten mussten und planten zu dem Wachturm zu fliehen, in dem wir vor drei Monden unsere Reise zum Immergrünen Hain angetreten hatten. Wir konnten einfach nur hoffen, dass der Wachturm besetzt war und so selbst zur Überzahl wurde.

In der pausenlosen Verfolgung über mehrere Tage hatten uns die Bellumen inzwischen mehr und mehr eingeholt. Thesem war ein exzellenter Läufer, allein meine nicht auf so lange Zeit ausgelegte Kondition verlangsamte uns und ließ unsere Feinde immer wieder aufschließen. Warum sie ausgerechnet uns beide mit solcher Beharrlichkeit verfolgten, blieb uns beiden ein Rätsel. Thesem nahm an, dass sie uns als Boten abfangen und damit ihren Angriff so lange wie möglich geheim halten wollten.

Dieser Morgen brachte uns einen besonderen Vorteil. Gerade im Frühling neigten die Wälder um den Faselsee zu einer starken Nebelbildung. Es kam zuletzt häufiger vor, dass uns bellumische Krieger direkt angriffen. Sie mussten inzwischen mehr geworden sein, denn sie schnitten uns den Weg ab und wir mussten uns freikämpfen, um uns erneut zurückziehen zu können. An diesem nebligen Morgen wurden wir erneut in ein Scharmützel verwickelt. Thesem hatte dabei einen großgewachsenen Krieger mit mehreren Messerstichen in den Hals und Brustbereich zu Fall gebracht, als dieser mich mit seiner groben Pranke am Fuß gefasst hatte. Ich verletzte mich bei dem Versuch von ihm frei zu kommen am Fußknöchel und so stolperte, kroch und strauchelte ich fort von den Räubern. Thesem lenkte sie derweil ab und griff vereinzelt die Krieger an, um sie ebenso zu verletzten oder davon abzubringen mir nachzustellen. Ich konnte in dem Nebel entkommen, der immer dichter wurde. Ich sah kaum den Boden zu meinen Füßen und wich den Hindernissen wie Bäumen, Felsen und Sträuchern oft nur im letzten Augenblick aus. Ich erschrak jedes Mal aufs Neue, wenn ich gegen einen Baum lief oder kleine Äste mich im Gesicht oder den Armen streiften. Ich konnte aufgrund des Nebels kaum die Hand vor Augen sehen und dachte jedes Mal, dass mich einer der Krieger gefasst habe. So verlor ich bereits nach kurzer Zeit jedwede Orientierung. Ich wurde langsamer, da sich in mir die dunkle Ahnung ausbreitete, dass ich den Bellumen wieder entgegenlief. Da traf mich plötzlich etwas am Kopf und ich taumelte zu Boden. In dem Dämmerzustand, den ich versuchte mit aller Kraft zu bekämpfen, bemerkte ich noch wie ich aufgehoben und geschultert wurde.

Es dauerte bis ich wieder zu mir kam und spähte unauffällig meine Umgebung aus. Ich wurde immer noch getragen. Eine Gruppe oder die Gruppe der Bellumen, die uns bislang nachgesetzt hatte, hatte mich gefangen. Ich bemerkte auch Thesem. Einer der großen Krieger hatte ihn mit seiner kräftigen Hand im Genick gepackt und führte ihn neben sich her. Er knurrte und versuchte den Krieger zu beißen, den das aber nicht im Geringsten beeindruckte. Sie brachten uns zu einem ihrer Hauptleute, der einen Bärenkopf auf seinem Helm trug. Ein Krieger mit einem Wolfskopf auf dem Helm berichtete ihm, dass sie uns unverhofft entdeckt hatten, wie wir versuchten in dem Nebel zu entkommen. Der Anführer sah mich direkt an und befahl seinen Männern uns zu ihrem Lager zu bringen, dort werde er über uns entschieden.

Da ich wieder bei Bewusstsein war, musste ich nun selbst laufen. Meine Hände waren von starken Lederriemen gebunden und ein Seil band mich mit einem der Krieger zusammen. Um uns herum gingen die anderen Krieger, ein Entkommen war also unmöglich. Thesem hatte nach einem harten Faustschlag in den Magen auch inzwischen seinen Widerstand aufgegeben. Ich konnte aber sehen, wie er auf eine neue Gelegenheit lauerte anzugreifen. Der kriechende Nebel indes hatte unsere Gruppe überholt und umschloss uns gänzlich. Allein anhand ihrer

Spuren fanden die Bellumen zu ihrem Lager zurück. Wir traten zwischen eine Gruppe von einfach errichteten Holzverschlägen, die aus rohen Holzstämmen gefertigt waren. Die absolute Stille in diesem Nebel kam mir dabei seltsam vor. Und selbst, dass ich direkt neben einem Unterschlupf stand, konnte ich kaum bis zu seinem hinteren Ende blicken. Den Bellumen kamen die Stille und das offensichtlich verlassene Lager auch seltsam vor. Sie zogen ihre Waffen und schwärmten im Lager aus. Wir vernahmen aus dieser Stille endlich ein Geräusch und die Krieger folgten dem leise scheppernden Klirren, wobei Thesem und ich zwangsweise dorthin mitgezogen wurden. Zu dem Klirren kam ein unregelmäßiges, schnaubendes Stöhnen. Diese beängstigenden Geräusche kamen von einem bellumischen Krieger, der zitternd und bebend unter einer Eiche etwas abseits des Lagers hockte. Er sah uns alle mit weit aufgerissenen Augen an. Etwas hatte ihn in Todesangst versetzt. Sein Gesicht war fast so bleich wie der Nebel. Die anderen Krieger versuchten etwas aus ihm heraus zu bekommen, doch er schrie nur.

Ich verstand seine Worte kaum, da seine Stimmbänder sich regelrecht zerrissen bei dem Versuch seine Warnungen herauszuschreien. Ich verstand so viel wie «Diese Augen... nicht normal... Dämon.» ehe er plötzlich in neue Agonie ausbrach und nun mit den Armen wild fuchtelte und schrie «Es hat mich!» Dieses verstörende Bild zehrte schon stark genug an meine beanspruchten Nerven. Doch als der irre, kreischende Krieger mit den Beinen um sich trat und scheinbar in der Luft hängen blieb, da brannte auch in meinem Fleisch kalte Angst. Plötzlich blieb er in seiner letzten Bewegung erstarrt. Seine Stimme war endgültig in ein heiseres Kreischen abgedriftet und erstarb auch langsam. Ein panikartiger Schock durchfuhr mich, als ich sah wie seine Augen nach hinten wegrollten. Ein gurgelndes Röcheln setzte ein und mit einem reißenden und schmatzenden Geräusch flossen Blut und Fleisch aus dem Mann heraus und in den mächtigen Stamm der Eiche. Das grauenvolle Geräusch eines in seiner Gier trinkenden Verdurstenden quoll durch den weißen, wabernden Nebel hinter der Eiche. Jede Faser meines

Körpers befahl mir zu fliehen. Es war ein innerer Schrei, der meine schwachen Knie zum Laufen bewegte. Mit meinem ganzen Körper stemmte ich mich gegen meine Fesseln. Die Bellumen waren völlig unbeeindruckt von dem schrecklichen Schauspiel und Schicksal ihres Waffenbruders. Sie machten sich dagegen kampfbereit.

Und ich? Thesem hatte sich aus dem Griff seines abgelenkten Wächters befreit und nahm ihm seine Messer wieder ab. Er schnitt mich los und wir stürzten von dem Baum fort in den schützenden Nebel. Hinter uns hörten wir Rufe und Kampflärm. Der Kampfeifer der Bellumen musste nur kurz gehalten haben, denn er schlug jäh in panikartige und seelenreißende Schreie um. Wir rannten durch den schneeweißen Nebel, der mich kaum eine Armlänge weit sehen ließ.

Auf unserer Flucht begegneten wir schließlich dem grauenhaften Schicksal der bellumischen Krieger, die im Lager verblieben waren. Aus dem uns umhüllenden, wabernden Leichenweiß tauchten Gestalten auf. Instinktiv wollte ich zurückweichen, doch Thesems fester Griff und Zug um mein Handgelenk ließ mich durch die Gruppe der Gestalten hindurch laufen. Keiner von ihnen rührte sich.

Wir waren bereits einige hundert Schritt weiter, da überkam mich eine namenlose Angst. Mein Geist hatte jetzt erst das von meinen Augen nur flüchtige wahrgenommene Bild verstanden. Soweit ich das in der abgehetzten Eile und geringen Sichtweite beurteilen konnte. Mir schien es als waren die Krieger auf irgendetwas zugestürmt. Diese Wahrnehmung verwandelte sich jedoch mit jedem Schritt mehr und mehr von dem angreifenden zum kopflos fliehenden Krieger und schließlich erkannte ich in den letzten knienden und kriechenden Haltungen ein jämmerliches Flehen.

Ich konnte kaum weiter darüber nachdenken. Meine Lunge brannte bei der hastig eingesogenen Luft. Ich konnte kaum schneller atmen und hatte das Gefühl zu ersticken. Ebenso hatte sich in mir der Glaube verfestigt, dass bliebe ich nun auch nur einen Augenblick stehen, so würde ich in eine lähmende Angststarre erfrieren.

Der Wald hörte plötzlich auf und unter unseren Füßen knirschte Kies. Atemlos sahen wir in die kurze Ferne des vor uns liegenden Sees. Es dauerte bis wir beide wieder ruhiger wurden. Das flüsternde Rauschen des friedlichen Sees ließ uns auch ruhiger werden. Jetzt auch erst setzte der Schmerz in meinem Fuß wieder ein. Dieser Schmerz erinnerte mich daran, dass das hier kein schlimmer Traum war, sondern wirklich passierte. Thesem sah meinen verletzten Fuß mit besorgter Miene an. Wir gingen von nun an so leise wie möglich weiter. Er versuchte mich zu stützen, um mir Linderung zu verschaffen.

«Sind wir in Sicherheit?» raunte ich und erschrak über meine eigene Lautstärke, obwohl ich die Worte fast nur gehaucht hatte. Thesem wollte mir antworten, doch seine Ohren zuckten in die Richtung aus der wir kamen. Er schob sich mit mir langsam weiter. Ich mühte mich so leise wie irgend möglich aufzutreten, auch wenn der beanspruchte Knöchel große Schmerzen bereitete.

Der See war trotz des milden Frühlings bereits getaut und nur noch wenige Eisplatten schwappten durch den Wind aufgeschreckt gegen das steinige Ufer. Hinter uns erklangen die grollenden Stimmen der Bellumen. Wir mussten von einer anderen Gruppe eingekreist worden sein, die unsere Flucht ohne das Wissen um ihren fürchterlichen Ursprung bemerkt hatte.

Thesem löste sich kurzweilig von mir und ließ mich alleine in dem nebeligen, geradezu dunstigen, wabernden Weiß zurück. Meine Einbildung rief darauf allerlei Silhouetten und Schemen in den grauen Schattierungen des Nebels hervor. Mein Verstand wollte hinter jeder Nebelschwade einen Feind und noch schlimmer das unsichtbare Grauen sehen lassen und spielte mir einen Streich nach dem anderen. Ich riss mich zusammen, damit meine bislang aufgestaute Angst und Panik nicht meine Position verrieten.

Schließlich tauchte Thesem unerwartet wieder hinter mir auf und gebot mir mit dem Finger vor dem Mund leise zu sein. Fast geräuschlos traten wir über das Kiesbett, das mir so unsagbar laut vorkam. Die Stimmen, ja sogar das schnaubende Atmen selbst konnte ich von den Kriegern in unmittelbarer Nähe hören. Mir war als müsste ich nur vor mich greifen und hätte einen von ihnen berührt. Thesem führte mich zu einer Böschung über der eine alte Trauerweide stand. Er hatte eine Aushöhlung zwischen den Wurzeln entdeckt und wir krochen leise hinein. Wir breiteten meinen grauen Umhang über uns aus und bewarfen ihn mit Erde. Wir verschmolzen mit der Umgebung des Erdlochs. Er kroch neben mich und wir zogen die Decke bis unter die Augen.

Wir schwiegen mit angehaltenem Atem. Wir hörten nur die unsagbare Stille und spürten den bebenden Körper des anderen. Beide starrten wir in das grelle Weiß des Nebels vor dem Erdloch. Schritte waren in unserer unmittelbaren Nähe zu hören. Die Schritte waren kurz und traten hart auf die Kieselsteine. Mit einem kurzen abrupten Knirschen als wäre etwas auf den Kies gefallen endeten die Schritte. Die eintretende Stille wurde von einem erstickenden Würgen durchbrochen. Klatschendes Wasser war zu hören und ein schweres gurgelndes Atmen. Wir drückten uns umso näher aneinander als diese seltsame Geräuschkulisse durch das kehlige Rufen und hastigen Schritte der Bellumen gestört wurde. Ich sah mehrere Schatten an unserem Erdloch vorbeistürmen. Die Krieger mussten von dem einsetzenden Keuchen und Husten angelockt worden sein. Ich fragte Thesem so leise wie möglich, ob wir die Ablenkung nicht zur Flucht nehmen sollten. Er aber schüttelte nur stumm den Kopf. Seine Augen blickten gebannt auf den Höhleneingang.

Wir zuckten beide über die plötzlich einsetzenden Schreie der Krieger zusammen. Etwas hatte sie in eine abgrundtiefe Angst versetzt und ich ahnte schon welches Grauen uns so rasch eingeholt haben musste. Wir lauschten ihren erbärmlichen Schreien, was mich umso tiefer entsetzte. Mir wurden jetzt erst wieder die Geschichten um die berüchtigte bellumische Furchtlosigkeit klar, die selbst im Angesicht eines grausamen, drohenden Todes nicht wich. Die Schreie endeten jäh und plötzlich, als hätte Ohnmacht oder der Tod selbst sie erlöst. Nochmal mehr erschraken wir als einer der Bellumen urplötzlich vor unserem Erdloch strauchelte. Er wollte zu uns in

das Erdloch flüchten. Die Angst vor unserer Entdeckung ließ meinen gesamten Körper anspannen und
meine Muskeln geradezu brennen. Doch eine unhei-
lige Macht riss den Krieger wieder zurück auf den
Kies und fort in das weiße Leichentuch des dicken
Nebels. Der Krieger kroch über den Kies, flehte und
bettelte geradezu um sein Leben. Da sah ich sie. Eine
torkelnde Gestalt, die ihre düstere Silhouette an
unserem Sichtfeld vorbeischob. Es war als breche
sich der weiße Nebel an der Gestalt und sog alle
Helligkeit in sich auf. Ihre Bewegungen waren steif
und plump. Außerhalb unseres Sichtfeldes erstickte
das um Gnade winselnde Flehen des Kriegers. Ebenso erstarb das prasselnde und knirschende Stram-
peln im Kies und eine Grabesstille setzte ein. Wir
schwiegen ebenso. Ich presste meine Lippen zusammen und hielt meinen Atem so flach und leise
wie möglich, dass ich fast ohnmächtig wurde vor
Atemnot. Wieder vernahmen wir einsetzendes Würgen und Husten. Dann verstummte auch das endgültig.

Thesem riss sich plötzlich los und krabbelte aus unserem Versteck. Er wollte dieses fürchterliche Monster ablenken, hielt aber in seiner Bewegung inne. Sein Gesicht wurde kreidebleich und seine Augen waren weit aufgerissen. Er ging gefasst auf das Ding zu, während mir die schlimmsten Gedanken in den Kopf stiegen. Umso mehr brannte allein die Vorstellung in meinem Kopf, als Thesem die Worte rief, die mich heute noch in meinen Alpträumen verfolgen

«Alwine, du kannst herauskommen. Es ist mein Bruder. Er ist gekommen mich abzuholen.»

Ich hatte für eine gefühlte Ewigkeit aufgehört zu atmen und starrte in die endlose und formlose weiße Leere. Mein Kopf wollte nicht realisieren, dass der vor meinen Augen und vor Monaten ertrunkene Bruder leben sollte. Ich konnte nicht der Wahrheit habhaft werden, dass er diese vielen Krieger auf so grauenvolle Weise zu Tode gebracht haben sollte. Ich erinnerte mich nur langsam der Worte von Eldrid, dass sich Thesem Verstand nur einredete sein Bruder würde noch leben. Die Angst die uns beide erfasst hatte, musste seinen Verstand vollends geschädigt haben. Ich fürchtete, sein Kopf ließ da etwas seinen Bruder sehen, was gar nicht sein Bruder war. Von dieser Furcht angetrieben sprang ich auf und kroch hastig aus dem Erdloch heraus. In meiner Eile hatte ich nur ein langes Stück Treibgut gegriffen und ging langsam auf die Gestalt zu, die mir den Rücken zukehrte. Thesem stand mit einem respektvollen Abstand zu der Gestalt und entdeckte mich schließlich. Er lächelte und deutete zu mir, während ich mich nur langsam näher schob.

«Das ist Alwine, sie hat uns damals in dem Eisloch entdeckt. Sie hat mich mit ihren Schwestern gesund gepflegt und auf mich aufgepasst.»

Ich ging langsam um die dunkle Gestalt herum, von der eine nasse Kälte ausstrahlte. Die Gestalt fuhr ruckartig mit dem Kopf zu mir herum. Der schreckliche Anblick traf mich unvorbereitet.

Ich blickte in ein madenweißes, eingefallenes Gesicht. Es wirkte als sei die Haut vom Schädel wie erhitztes Wachs geschmolzen. Die graublaue Haut war faltig und schrumpelig. Sie erinnerte mich an hauchdünnes, flüssiges Glas. Der Mund war tiefblau und violett verfärbt. Die nassen, dunklen Haare klebten wirr am Kopf. Seine Kleidung wirkte nass und ein brakiger Modergeruch von Schlamm und abgestandenem Wasser stach in meiner Nase.

Das Ding sah aus wie der Tod, doch es bewegte sich und atmete schwerfällig. Mein Verstand wollte die Wahrhaftigkeit dieses Dings erst später nach der instinktiven Reaktion meiner Beine wahrhaben. In meinem Körper schrie erneut jede Faser nach Flucht. Nicht bei dem was ich in diesem Gesicht erblickte. Es war das, was mich aus diesem Gesicht anstierte. Diese aufgedunsenen, blutroten Augen. Diese stechenden, wie Eidotter auf dieser eiweißartigen Pergamenthaut schwimmenden Augen. Sie waren in ein tiefes Purpur getüncht. Dazu kamen die beiden schmalen, pechschwarzen Pupillen, die mit ihrem Blick mein Fleisch und meine Seele durchbohrten. Diese dämonischen Augen sollten mich für den Rest meines Lebens begleiten. In stillen Nächten sollten sie noch Jahre später mir angstgetränkte Alpträume bereiten.

Ich rannte trotz aller Schmerzen los. Hinein in den Nebel. Blankes Entsetzen hämmerte von innen gegen meinen Schädel. Mein Herz trommelte gegen meinen Brustkorb. Gefrorene Angst durchströmte meine Adern. Panische Furcht brannte in meinem Fleisch. Ich erinnere mich nur noch vage an die Rufe von Thesem hinter mir. Er forderte mich auf stehen zu bleiben. Doch ich konnte es einfach nicht. Mein Verstand war für diesen Moment den tief in mir schlummernden, ungekannten animalischen Instinkten gewichen. Nach wenigen Metern aber schon stolperte ich in meiner Flucht und fiel hart zu Boden. Mein Fall holte meinen Verstand für einen kurzen Moment zurück. Der Sturz wurde gebremst durch den nachgebenden Kies und etwas anderem. Dieses andere war der verdorrte Leichnam eines bellumischen Kriegers auf den ich gefallen war. Mich überkamen neue Ängste bei dem Anblick seines vertrockneten, zu einem Flehen entarteten Gesicht. Ich schrie und sprang wieder auf die Beine. Dabei strauchelte ich nach nur einem Schritt, verfangen in der Achsel der Mumie, erneut und stürzte in den totenbleichen Nebel. Ich schlug diesmal mit dem Kopf auf einen Stein auf und fand mich mit meinen schwindenden Sinnen inmitten der in ihrer Bewegung eingefrorenen Leichen der blutleeren bellumischen Krieger wieder. Ihre zum ewigen Schrei aufgerissenen Münder wirkten nach innen gesogen, genauso wie ihre Augen von einer unheilvollen Macht in ihre Höhlen geradezu hinein gesaugt waren. Ihre skelettierten, schwarzen Höhlen starrten mich aus ihrer Leere an.

In ihrer Haut

Die Königsstadt En Parthis im Königreich Bab Ilîm ist eine Stadt von gewaltiger Ausdehnung und Größe. Der Palast mit seiner, mit königsroten Kacheln besetzten Mauer, thront auf dem einzigen Felsen dieser Landschaft. Er überragt die Stadt mit ihren abertausenden Häusern aus Lehm und Sandstein. Schafft man es einen Blick über dieses Meer aus Dächern zu erhalten, so sieht man die wenigen großen Gebäude aus den Massen herausragen und die ungezählten Rauchsäulen der Manufakturen aufsteigen. En Parthis hält in ganz Mittreich die Meisterschaft darin Ton in allen Farben und Formen zu brennen und zu glasieren. Selbst ich, die ursprünglich aus einfacheren Verhältnissen stammte, hatte von dieser hohen Kunst schon gehört. Abertausende kleine Manufakturen liefern alles was man sich in seinen kühnsten Träumen nur vorstellen kann und darüber hinaus; Von der Tonschale bis zum kunstvoll gebrannten Ziegelstein, der in seinen fulminanten Farben und Mustern seine ganz eigene Meisterschaft sucht. Von unserer Unterkunft im höher gelegenen Adelsviertel sah ich neben dem Palast auch die Festungsanlagen, Großen Bäder für die Massen und imposanten Tempelanlagen. Sie waren im Gegensatz zu den hellen, braungelblichen Wohngebäuden auch außen in berauschend bunten Farben und Formen erbaut worden. So bewunderte ich das Farbenspiel in den Reflexionen der glasierten Ziegelsteine bei Sonnenaufgang an jedem Morgen von meiner kleinen Terrasse aus. Danach galt mein Augenmerk dem tiefblauen Portaltor zum Heiligen Bezirk, ehe ich wieder hinein ging.

Trotz der opulenten Schönheit von En Parthis war ich dazu verdammt meine Zeit in dieser atemberaubenden Stadt in unserer Unterkunft tot zu schlagen. Mein Meister ging derweil seinen dunklen Geschäften in noch dunkleren Gassen dieser bunten, sonnengefluteten Stadt nach. Mir blieb nichts anderes übrig als in dem Anwesen zu verharren, in dem er uns einquartiert hatte und mich an dem Ausblick satt zu sehen.

Elf Tage waren wir jetzt schon hier. Unabhängig von der Anreise, konnte ich fast nichts von dem Treiben und der Kultur dieser Stadt sehen. So saß ich nach meinem morgendlichen Ritual den Sonnenaufgang zu beobachten, in dem überdachten Innenhof. Draußen glühte bald schon die erbarmungslose Sonne und heizte die aus hellem Sandstein errichteten Gebäude auf. Abdahal, der Hausdiener unseres kleinen Anwesens kam aufgeregt zu mir geeilt.

«Herrin», rief er mich immer wieder schnell nacheinander. Ich war froh, dass mein Meister dies nicht hörte. Ich sah zu ihm und signalisierte durch einen übertrieben fragenden Blick, dass er doch endlich reden sollte. Er war ganz außer Atem

«Herrin, ein Sandsturm nähert sich von Süden. Wir müssen alle Fenster und Türen verbarrikadieren.»

Ich nickte ihm verständnisvoll zu und ließ ihn wieder davoneilen. Gelangweilt und etwas müde beobachtete ich die Dienerschaft. Sie mühten sich sichtlich ab das gesamte Gebäude vor dem herannahenden Unheil zu verriegeln. Ich hatte bereits zwei dieser Sandstürme am eigenen Leib erlebt. Unangenehm war es bei der Durchquerung der äußeren Funkelstaubwüste nahe Thar Empel vor wenigen Wochen. Wir befanden uns mit einer kleinen Karawane in der Mitte vom Nirgendwo als der Tag plötzlich zur Nacht wurde. Tage später noch schüttelte ich mir noch den feinen Sand aus den Ohren und Haaren. Bei jeder Mahlzeit hatte ich das Gefühl noch auf knirschenden Sand zu beißen, selbst als ganz sicher kein Sand mehr im Essen sein konnte.

Schockieren konnte mich dieser Sandsturm in unserer sicheren Behausung also nicht mehr. Ich ertappte mich dabei, wie ich die hektischen Bemühungen der Diener belächelte, da der Sand bei so einem Sturm ohnehin durch jede Ritze und Spalte eindringen würde. Aber ich hätte wohl auch so reagiert, wenn ich das Haus danach putzen müsste.

Mein Meister tauchte überraschend auf. Ich hatte ihn nach seiner eigenen Aussage erst für heute Mittag zurück erwartet. Doch er stürmte geradezu durch die Haustür, die sogleich von dem Diener wieder verschlossen und mit Lappen abgedichtet wurde. Mein Meister beobachtete mit wirschem Blick dieses Tun. Mit ihm schlich auch sein pechschwarzer Wolf. Ich sah an dem furiosen Blick meines Meisters, dass er sich nicht vor dem Sandsturm in Sicherheit gebracht hatte. Irgendetwas hatte ihn in helle Aufregung versetzt. Ich kannte diesen rastlosen Blick seiner eisengrauen Augen. Er riss sich das traditionell in dieser Gegend getragene Tuch vom Kopf, das sein Haupt verborgen hatte. Ebenso streifte er den langen hellen Mantel ab und ließ ihn achtlos dort fallen wo er gerade stand. Darunter kam seine übliche schwarze Kleidung zum Vorschein. Er ging eilends in seine Räume, wohin ich ihm nur langsam folgte. Durch den bald eintreffenden Sturm war mein Zeitvertreib, die Straße vor dem Haus zu beobachten, weggefallen. Da mir immer noch sterbenslangweilig war, beschloss ich meinem Meister trotz seiner schlechten Laune zu folgen.

So ging ich ihm nach, hinauf in den ersten Stock und beobachtete ihn stumm in seinem für sich beanspruchten Raum, der ihm als Arbeitszimmer diente. Er holte unsere Reisekasse aus dem aus dickem Holz und Eisen beschlagenen Schrank hervor. Eilig und ohne jedes Interesse für den hohen Wert seiner Reisekasse füllte er seine Geldbörse mit Goldmünzen auf. Sein Wolf Skugir hatte ihn dabei beobachtet, nun aber sah er mit gespitzten Ohren zu mir. Mein Meister hielt daraufhin schlagartig inne. Ohne den Kopf zu heben sah er mich mit grimmigem Lauern von unten herauf an. Schließlich fragte er, was seine Miene schon verkündete

«Was willst du?» knurrte er. Seine Aggression war subtil, doch ich hatte auf den harten Weg gelernt die Nuancen seiner Körpersprache zu lesen. Ich war also alarmiert und fragte ihn dementsprechend demütig, ob ich ihn bei seinen Besorgungen begleiten dürfte. Skugir legte bei meinen Worten den Kopf etwas zur Seite, um mich zu mustern. Mein Meister dagegen forschte mich mit schmaler werdenden Augen aus

«Gut, du sollst mich begleiten», raunte er mit rauem Flüstern und ging auf mich zu. Er sah mich dabei mit seiner typischen, erhabenen Emotionslosigkeit an. Dicht vor mir blieb er stehen «Sobald der

Sturm vorbei ist gehen wir. Sei bereit und kleide dich angemessen.» Ich fragte ihn zu welchen Anlass er mich gekleidet sehen wollte und er fuhr wieder zu mir herum «Du gehst mit deinem Herrn auf den Markt für die Sklaven und Odalisken.»

Ich nickte rasch und zog mich in meine Räume zurück. Während ich mich mit der Hilfe meiner Kammerdienerin umzog, dachte ich darüber nach was er vorhatte. Er ließ mich absichtlich mit dem unguten Gefühl zurück, ob er mich selbst verkaufen wollte oder nur Einkäufe in eigener Sache tätigen wollte. Ich kannte diese Spielchen von ihm und sah es als Training an, auch in brenzligen Situationen einen kühlen Kopf zu bewahren. Ich legte mein Kleid an und das weite Kopftuch vorerst nur über meine Schulter. Mein Weg führte mich wieder hinab und in die Sitzecke des kleinen Saales hinter dem Innenhof. Der Raum erfüllte den Zweck eines Gesellschaftszimmers, in dem Gäste empfangen werden konnten. Ich setzte mich zu meinem Meister.

Ein kleines Frühstück aus Oliven, Sesambrot und Schafskäse war aufgetischt worden. Mein Meister aß mit starrem Blick vor sich und war mit seinen eigenen Gedanken beschäftigt. Er hatte sich auch umgezogen. Über dem schwarzen Hemd, mit den silbern bestickten Unterarmen, trug er einen schwarzen, knielangen Mantel mit grauem Brokatmuster. Um seinen Hals lag ein frisches Tuch in Schwarz mit silberner Stickerei. Das quadratische Tuch war diagonal zu einem Dreieck gefaltet und die Spitze lag über seine Brust, die Enden waren einmal um seinen Hals gewickelt und lagen lose nach vorne über seine Schultern. Auch wenn dieser Kleidungsstil mit einfachsten Mitteln hergestellt war, so sah es an ihm doch eleganter aus als mancher reichgeschmückter Edelmann meiner Heimat in der dortigen sündhaft teuren Mode.

Das Essen wurde schweigend eingenommen. Nur wenn er sprach, so erlaubte er Konversation beim Essen. Er nutzte die Mahlzeiten in der Regel als Refugium der Ruhe und Erholung von seiner Arbeit. Da er stumm blieb, waren das Klappern der Fensterläden, das laute Säuseln und rauschende Heulen des Windes, sowie die eiligen Schritte der Dienerschaft im Haus die einzigen Geräusche die uns beim Essen begleiteten. Mein Meister trank schweigend seinen Tee. Ich bemerkte seine Augen, die für einen Moment müde und erschöpft wirkten. Soweit ich es mitbekommen hatte, war er seit unserer Ankunft fast nur unterwegs gewesen, hatte kaum geschlafen oder gegessen. Nur zum Umziehen und Waschen war er zurückgekehrt und meist sofort wieder verschwunden. Ich sprach ihn nicht darauf an oder reagierte darauf, Mitleid jeder Art verachtete er.

Irgendwann ließ der Sandsturm nach und die Dunkelheit lichtete sich und das Rauschen des Windes wurde leiser. Mein Meister horchte auf und starrte für einen Moment an die Decke. Mit einem Mal war er auf die Beine gesprungen.

«Wir gehen», befahl er kurz und ging bereits zur Tür, während er Abdahal ernst ansah «Wenn ich zurückkehre sind für meine Gäste ein - nein besser zwei Zimmer vorbereitet. Stellt sicher, dass die Fenster dieser Räume in Ordnung und verriegelt sind. Keiner soll hinein und vor allem soll keiner hinaus.

Mein Leibwächter wird das kontrollieren.» Abdahal verneigte sich bis sein Kopf fast den Boden berührte.

«Euer Wunsch wird erfüllt sein», sprach er. Mein Meister ignorierte seine imposante Ehrerbietung die in diesen Landen üblich war. Für ihn war dieses unterwürfige Verhalten eines Dieners selbstverständlich auch wenn wir hier nur Gäste waren. Ich legte rasch mein Kopftuch nach der für Frauen in Bab Ilîm gebotene Sitte an und eilte an die Seite meines Herrn. Er verdeckte die untere Hälfte seines Gesichtes mit dem Halstuch. Sein Wolf Skugir war ebenso aufgesprungen und folgte mit einem seltenen, fast fröhlichen Vergnügen meinem Meister.

Der Sandsturm war vorüber. Einzig seine Verheerung zeugte noch von seiner Anwesenheit. Ich blinzelte zu der noch orangegelben Sonne und folgte meinem Meister leichtfüßig durch den vielen Sand, der unsere Straße geflutet hatte. Wir verließen das Viertel in dem die großen Residenzen des Stadtadels standen und betraten die Hauptstraße. Ich beobachtete die Aufräumarbeiten der Einwohner, die mit einfachen Besen den Sand aus ihren Häusern und von den Dächern auf die Straße fegten. Hunderte kleine Wagen tauchten aus allen Winkeln der Stadt auf. Sie wurden von Eseln oder von Männern gezogen und geschoben. Mit den Wagen wurden die Unmengen an Sand aus dem Stadtzentrum herausgebracht. Fleißig und ohne Murren verrichteten die Einwohner diese beschwerliche Arbeit.

«Sieh nicht so beeindruckt von dieser oberflächlichen Zusammenarbeit drein», maßregelte mich mein Meister «Es steht in En Parthis per Gesetz unter Strafe, wenn ein Hausbesitzer oder -eigentümer sich nicht an den Aufräumarbeiten beteiligt.»

Mein Meister besaß die ungemein gute Fähigkeit mir mit wenigen Worten meine schöne heile Welt schon im Aufbau zu zerschlagen und mich nur allzu oft desillusioniert zurück zu lassen. Er schien jedoch wegen irgendetwas wütend zu sein. Die meiste Zeit war ihm mein Verhalten eigentlich gleichgültig.

Ich folgte ihm beleidigt, als ein Schatten von hinten auf mich fiel. Die heiße Sonne brannte mir unangenehm auf Kopf und Schultern und so war ich dankbar um jede Form von Abkühlung. Doch dieser spezielle Schatten hinter mir stammte von keiner Wolke oder Sandverwehung, wie ich schnell merken sollte.

«Kum wehr'tegh kish' ahar.» Ich fuhr bei diesen dumpfen Worten innerlich zusammen. Seine Stimme war wie ein Eisregen auf meiner Haut und jagte mir einen Schauer über den Rücken. Ich erkannte die tiefdunkle Stimme sofort. Ihr Sprecher jedoch jagte mir eine gehörige Angst ein. Mein Meister wandte sich nicht zu dem schattenwerfenden Ungetüm um.

«Ashna'tegh kish' har », sollte die knappe Antwort meines Herrn an seinen Leibwächter Ka'Hos bleiben. Er war ein Blutritter und bewegte sich auf den schmalen Grat zwischen Mensch und Monster. Sein Gesicht habe ich in den Jahren bei meinem Meister noch nie gesehen. Er trug nicht immer seinen geschlossenen Maskenhelm mit der grässlich dreinblickenden Fratze und den herunter gebogenen Hörnern. Außerhalb des Kampfes war sein eigentliches Gesicht verdeckt von einer Maske aus gegerbter, menschlicher Gesichtshaut. Dieses grau gewordene Ledergesicht war so geformt, dass es stets eine

162

grimmige Miene zog. Seinen Kopf schmückte schwarzes Haar, das lang und glatt auf seinen Rücken fiel. Er trug eigentlich immer seine Kriegstracht. Sie wurde von meinem Meister etwas mehr dem nördlichen Ebenbild nachempfunden. So trug er eine, für einen normalen Menschen unmöglich zu tragende, schwere Panzerrüstung. Solche massiven Rüstungen fanden sich nur bei Rittern beim populären Lanzenstoßen in Turnieren. Diese Monstrosität trug sie, als sei es ein leichter Harnisch. Der gesamte Plattenpanzer war in einem dunklen Rot geätzt und goldene Bordüren zierten jede Falte und jeden Rand des Panzers. Die schweren Schulterplatten besaßen eine Reihe von Stacheln und waren von einem dunklen Fell mit herab fallenden Mantel geschmückt. Gegen seine Schulter gelehnt führte er eine mannslange Klinge, die unvorstellbare Vernichtung unter den Reihen seiner Feinde anrichten konnte.

Mein Meister berichtete mir nach meiner ersten Begegnung mit diesem Monster von den Septevaren zu denen er gehörte. Sie waren einst Menschen einfacher Stämme der haeresischen Duschungelebene.

Dieser große, im Südosten Mittreichs angesiedelte Landstrich unterlag einer beinah vollständigen Isolation äußerer Einflüsse. Grund hierfür war die sie umgebende lebensfeindliche Landschaft. Einzig einem Mann namens Septevarius gelang der Einfluss auf diese Menschen durch einen Aspekt ihrer Religion, den alle gleich verehrten oder fürchteten. Er soll im Goldenen Zeitalter ein gefeierter Kriegsheld des siegreichen Nordens im Zweiten Krieg der Sonne gewesen sein. Doch er wurde durch den Krieg korrumpiert und illusioniert. Dunkle Kräfte sollen ihn mit jener unheilvollen Macht gesegnet haben, die später nur noch als Blutsmagie oder Blutbändigung bekannt sein sollte. Aufgrund der kriegerischen Natur der haeresischen Stämme besaßen sie in ihrem Götterkosmos einen ebensolchen Blutgott oder Kriegsgott, dem eine ähnliche Gabe zugeschrieben wurde. Dies öffnete ihm Tür und Tor in alle kleinen und großen Reiche dieser einfachen Stämme. Über Jahre verdarb und vergiftete er den Verstand und die Kultur dieser Menschen und züchtete sich seine pervertierten und deformierten Kultanhänger heran.

Ihr plötzliches Auftauchen während des zweiten Mittreicher Kongresses und die nachfolgende Verheerung des gesamten zentralen Kontinents ruft noch heute, sieben Generationen später in jedem Volk seine eigenen traumatischen Schrecken und Grauen hervor. Seine Abkömmlinge nennen sich heute immer noch Septevaren und sie besitzen die gleiche unheilvolle Macht. Die Blutritter können diese Macht nur auf sich selbst erwirken. Ausgestattet mit unmenschlichen Kräften und hoher Selbstheilung waren sie das Rückgrat seiner Armee. Doch sein Reich wuchs zu schnell, der Aufruhr gegen diese unmenschlichen Kreaturen war allein durch Terror und Tod nicht zu unterdrücken. Am Ende wurde Septevarius zwischen den Armeen des Viktorianischen Großreichs unter ihrem auferstandenen Großfürsten Viktorius Faust VIII und dem Heiligen Bund, einem Zusammenschluss vieler Königreiche unter dem Ersten Heilsbringer Raziel zermalmt. Das Reich Haeresien wurde zeitgleich von dem unter Drachenkaiser Frederikus Drakii neu ausgerufenen Ewigen Reich Arkalon in einer nie dagewesenen

Strafexpedition in Schutt und Asche gelegt. Allein der vehemente Einsatz der Kreuzer, das Land zu missionieren und den Menschen den Glauben an Frieden zu bringen, verhinderte eine gänzliche Ausrottung dieses Volkes. Die Septevaren harren ihrem zum Wiedergang erwarteten Herrn und Meister bis heute. Der Heilige Bund gab nach einigen Jahren seine Mission auf die Haeresier bekehren zu wollen. Andere schwellende Konflikte im zentralen Mittreich bedurften ihrer Aufmerksamkeit. Teile des Landes blieben auch bekehrt, aber je tiefer man in den Dschungel geht, desto mehr wurde ihre neue Religion von dem uralten Glauben der Haeresier wieder verdrängt. Die Septevaren erstarkten wieder in ihrer Macht, doch erlangten sie nie wieder vollständige Einigung und erhielten sich nur in regionalen Machtzentren.

Wie mein Herr die Gunst dieses unmenschlichen Wesens erlangt hatte blieb mir ein Rätsel. Warum sich ein so mächtiger Krieger wie ein einfacher Diener herum scheuchen ließ, hatte er bisher immer nur angedeutet. Mein Meister erklärte mir, dass er ihm

einst das Leben gerettet habe und er sei ihm zu im-
merwährendem Dank verpflichtet. Ob das allerdings
die ganze Wahrheit ist, wage ich zu bezweifeln.
Mein Meister ist ein Hüter seiner Geheimnisse.

Der hünenhafte Mann trat neben meinem Herrn.
Dieser würdigte ihn nur eines kurzen Blickes, ehe
wir weitergingen. Die beiden Männer unterhielten
sich leise in der mir fremden und kaum auszuspre-
chenden Sprache aus dem mittreicher Südosten. Es
dauerte nicht lange bis wir von den Menschen um
uns herum beobachtet wurden. Manche Frauen erschraken. Auch Wachposten beäugten uns mit Arg-
wohn. Mein Meister hatte sich nach seiner kurzen
Pause im Anwesen nun wesentlich aggressiver im
nördlichen Stil gekleidet, der in En Parthis nicht sehr
angesehen war. Die Gründe hierzu blieben mir verborgen. Wesentlich größeren Anteil an der allgemeinen Erregung der umstehenden Menschen musste
jedoch Ka'Hos mit seiner leichenhäutigen Maske
haben. Allein durch seine unnatürliche Größe und
außergewöhnliche Rüstung, waren wir mehr als
auffällig in der sonst eher kleingewachsenen und

hell gekleideten Menschenmenge. Der nachtschwarze Wolf, der uns folgte rundete das Bild vermutlich gänzlich ab. Die meisten Menschen vermieden es uns direkt anzusehen, da sie entweder höflich oder ängstlich waren. Je weiter wir das Adelsviertel hinter uns ließen, desto öfters spürte ich jedoch ihre Blicke im Rücken. Ihre flüsternden Worte konnte ich zwar nicht verstehen, doch war ihre Tonlage besorgniserregend. Ich hatte keine Ahnung warum mein Meister mit einem Mal so auffällig in der Stadt herumlief. In der Regel versuchten wir nie aufzufallen und uns den Gepflogenheiten und Sitten der jeweiligen Region zu unterwerfen. Scheinbar wollte oder brauchte er nicht mehr im Verborgenen zu bleiben.

Wir näherten uns der Altstadt, denn das Gedränge auf der Straße wurde dichter. Ich blieb nah an meinem Meister. Ka'Hos stampfte mit schweren Schritten über die versandete Pflasterstraße ohne Rücksicht auf die anderen Menschen vor uns her. Diese traten entweder selbst zur Seite oder wurden von ihm mit einer Handbewegung zur Seite geschoben. Nicht jeder wollte diese schroffe Behandlung widerstandslos über sich ergehen lassen. Der Mut verließ die stolzen Männer jedoch sehr schnell wieder nachdem sie in die mit menschlicher Gesichtshaut bespannten Maske dieses Grässlichen blickten. Das mannslange, massive Schwert das gegen seine Schulter wie eine Standarte lehnte, verriet jedem Streitsuchenden, dass er bei Ka'Hos an der richtigen Stelle dafür war.

Nachdem wir uns so durch einige der kleinen Straßen geschoben hatten, suchten wir eine Teestube an einer großen Kreuzung auf. Gegenüber von diesem Haus führte eine der Straßen durch einen großen sich selbst tragenden Torbogen aus Stein. Um diesen Bogen waren Eisenketten gewickelt an denen eiserne Fesseln herunter hingen. Ein makaberes Aushängeschild für einen Sklavenmarkt, dachte ich mir. Mein Meister nahm an einem der niedrigen Tischchen mit den großen Kissen Platz. Er bestellte für uns schwarzen Tee mit Minze, dazu Gebäck. Der Diener verschwand nach seiner Dankesbekundung. Ka'Hos blieb hinter meinem Herrn mit verschränkten Armen stehen. Das Schwert hatte er vor sich abgestellt und es lehnte nun gegen ihn. Der Blutritter war stets aufmerksam. Durch seine Maske beobachtete er immer seine Umgebung und die Menschen um sich. Es war für mich jedes Mal aufs Neue erschreckend mit welcher Wachsamkeit und vor allem Angriffsbereitschaft er sich in der Gegenwart meines Meisters aufhielt. Kaum sichtbare Gesten meines Meisters führten zu einer sofortigen, bedingungslosen Vollstreckung. Vor ungefähr sieben Monaten wurde mein Meister in Sankt Esgealis, am Siebenkönigswald, von den Schergen eines anderen Adeligen bedroht. Ich hatte meinen Meister sehr genau beobachtet und in seiner scheinbar beiläufigen Handbewegung den Befehl an Ka'Hos erkannt. Ohne das geringste Zögern brachte der sich zwischen seinem Herrn und den Schergen. Mit einem einzigen Schwung seines gewaltigen Schwertes hatte er die erste Reihe von fünf Männern augenblicklich enthauptet. Bevor die zweite Reihe überhaupt auf diesen Angriff reagieren konnte, hatte er bereits begonnen diese förmlich zu zerhacken.

Der Diener brachte ein silbernes Tablett mit dem Teegeschirr darauf. Mein Meister ließ ihn den Tee nicht servieren. Er bereitete den Tee nach seiner eigenen Vorstellung zu. Der Diener beobachtete ihn zunächst irritiert. Ein dumpfes, kehliges Knurren von Ka'Hos ließ ihn aber rasch die Flucht antreten. Mein Meister hatte dabei nur einen irritierten Blick zu dem Diener gemacht und Ka'Hos hatte augenblicklich reagiert. Sein Wolf Skugir dagegen kam unbeeindruckt näher zu meinem Herrn und legte sich zu seinen Füßen. Ich beobachtete das Ritual der Teezeremonie. Mein Meister füllte drei Gläser. Er reichte eines an den Blutritter der etwas unbeholfen bei dem Versuch wirkte das filigrane Glas in seinen Pranken nicht zu zerdrücken. Ich saß stumm und unauffällig neben meinem Herrn, der mir den zweiten gläsernen Becher reichte. Die beißende Hitze des Glases ignorierte ich tapfer und stellte das Glas so rasch und doch ruhig wie möglich vor mir ab. Ich beobachtete die saftig grüne Minze, die in dem Glas meines Meisters mit dem einfließenden heißen goldbraunen Tee sprudelnd tanzte.

Ich mochte Tee im Allgemeinen nicht. Mein Herr dagegen trank ihn zu jeder Gelegenheit bei der er sich ausruhte und entspannte. Er gewann dabei eine so weltmännische Offenheit und großzügige Ruhe. Dafür mochte ich Tee wiederum.

Ich fragte ihn nicht warum wir hier saßen, hatte er doch ursprünglich gesagt er wolle zum Sklavenmarkt. Er saß da und beobachtete durch das Gitter eines hölzernen Paravents die übrigen Gäste und das dahinter liegende Treiben auf der Straße, während er den Minztee unter der Nase sanft schwenkte und seinen frischfarbigen Duft einatmete. Mit seinem nun gewonnenen, verklärten Blick beobachtete er den Diener, der eine Schale mit Gebäck aus Blätterteig zu uns stellte und sofort wieder verschwand.

«Warum sind wir hier?» fragte mein Herr mit einer wesentlichen gelasseneren Stimmung als heute Morgen. Ich sah zu ihm und versuchte zu erkennen, ob die Frage an mich gerichtet war. Seine eisengrauen Augen erwiderten meinen Blick. In seinem Gesicht stand eine gewisse Überlegenheit geschrieben.

«Um Tee zu trinken?» erwiderte ich, da ich wusste ihm nicht die korrekte Antwort auf seine rhetorische Frage geben zu können.

«Dummkopf!» warf er mir streng an den Kopf «Wir sind nach En Parthis gereist um Sklaven zu sehen und auch käuflich zu erwerben», belehrte er mich «Was braucht es um dies tun zu können?» Ich sah ihn fragenden an. Auf eine weitere Schellte konnte ich verzichten und er wohl auch, denn er antwortete direkt «Wir sind Fremde in En Parthis. Wir können nicht einfach auf den örtlichen Sklavenmarkt spazieren und dort Sklaven kaufen. Das erregt Aufsehen und Ablehnung bei den Händlern. Wir benötigen eine Person, die unseren Leumund bezeugt und den Kontakt für uns herstellt um die Geschäfte zu arrangieren.»

«Das bedeutet, Ihr konntet in den letzten Tagen eine solche Person ausfindig machen?» Er nickte darauf nur. Ich erblickte einen älteren Mann mit zerfurchtem und sonnengebranntem Gesicht. Er war während unseres Gesprächs an unseren Tisch herangetreten. Er trug einen ausladenden Mantel aus

gutem Tuch und in seinem Gürtel glitzerte ein reich-
verzierter Dolch. Er musste wohlhabend sein oder
zumindest aus gutsituierten Verhältnissen stammen.
In seiner Begleitung war ein jüngerer Mann in etwas
schlichterer Kleidung. Beide trugen volle Bärte, der
ältere trug seinen grauweißen Bart dabei bis zur
Brust, der jüngere nur bis zum Kehlkopf. Mein Meister begrüßte die Beiden mit plötzlicher Freundlich-
keit und bot ihnen an Platz zu nehmen. Der Ältere
wurde von meinem Meister mit Herr Aaron angesprochen. Den Begleiter stellte dieser Herr Aaron als
Leander vor. Mein Meister schenkte ihnen ebenso
Tee ein, nun aber nach der Sitte der hiesigen Teekul-
tur und bestellte auch noch eine Schale Nüsse und
Trockenfrüchte. Wir saßen eine Weile zusammen
und mein Meister unterhielt sich mit Herrn Aaron
über alles Mögliche bevor sie langsam zu dem The-
ma gelangten, wofür mein Meister eigentlich gekommen war. Dieser Leander, wie auch ich schwiegen die meiste Zeit und lauschten nur stumm dem
Gespräch.

Nachdem mein Meister bezahlt hatte, verließen wir das Teehaus und betraten wieder die belebte Straße. Ich hatte den Eindruck, dass nun noch mehr Menschen unterwegs waren. Herr Aaron empfahl Eile, da der Sklavenmarkt gleich öffnen würde. Wir betraten durch das dichte Gedränge am Eingangsportal den Sklavenmarkt. Ka'Hos teilte wieder die Flut aus Menschen vor uns auseinander.

Bei dem großen, rechteckigen Platz handelte es sich im weitesten Sinne um einen riesigen Innenhof, der von niedrigen Kolonnaden mit kurzen Vordächern umrahmt wurde. Entlang dieser Kolonnaden waren Holzplattformen errichtet, auf denen die Sklavenhändler ihre Ware darboten. Die Besucher dieses Marktes waren so vielfältig wie die Menschen, die auf diesen Podesten in einfachen Lendenschurzen oder anderen Fetzen vorgeführt wurden. Einzig die eisernen Ketten und dicken Lederhalsbänder prägten die Einheitlichkeit ihrer Bekleidung. Ich fand es irgendwie befremdlich halbnackte Männer und Frauen vom Kind bis Greis dastehen zu sehen. In ihre Augen die Angst, Resignation und Verzweiflung zu sehen. Diese Augen hatten alle Hoffnung fahren lassen, denn sie wussten was sie erwartete.

Mein Meister blieb nun mit seinen Begleitern stehen und musterte einen Stand auf dem über ein Dutzend junger Frauen und Mädchen standen. Sie waren barbusig und wurden auf Zuruf der Kaufinteressenten von den Händlern in jeder Facette ihres Körpers präsentiert. Das Gesicht meines Meisters war durch das Halstuch nur halb zu erkennen. Seine ernsten Augen verrieten mir, dass er im Gegensatz zu anderen Käufern nicht daran interessiert war nackte Haut zu sehen, die man hier begierig darbot. Tatsächlich war sein Blick sogar abgelenkt, fort von den Sklaven. Er beobachtete etwas anderes oder besser gesagt jemand anderen. Ich folgte unauffällig seinem Blick und bemerkte jetzt erst einen Mann, dessen Gesichtszüge seine Wurzeln in Zentralmittreich vermuten ließen. Er war jedoch in der hiesigen Tracht gekleidet und begutachtete auch die jungen Mädchen.

«Starr nicht!» knurrte mein Meister mich an. Sein Blick war wieder auf die Sklavinnen vor uns gerichtet. Leander sprach meinen Meister an. Er musste die Mahnung meines Herrn falsch verstanden haben, da er ihn nun fragte «Seid Ihr noch nie auf einem Sklavenmarkt gewesen?» Sein Tonfall hatte etwas spöttisches, was mir nicht gefiel und meinem Meister noch viel weniger. Sein unterkühlter Blick wanderte zuerst zu Herrn Aaron und danach erst zu dem Fragenden.

«Da wo ich herkomme tötet man die Eingeborenen nur, will man sich an ihrem Land und Habe bereichern», begann er gelassen. Ich kannte diesen belehrenden Tonfall. «Aber doch, ich muss gestehen sogar schon mehrfach auf diesen Märkten eingekauft zu haben. Allerdings seltener zur Nutzung von Arbeitskraft oder leiblichen Vergnügungen.»

«Ihr befreit sie?» fragte Leander nun noch spöttischer, wobei Herr Aaron versuchte seinen Begleiter in seiner Unverschämtheit zurück zu halten «Was für eine Verschwendung», bemerkte Leander mit mitleidigem Ton über diese Feststellung. Mein Meister trat nun langsam auf den jungen Mann zu und starrte ihm tief in die Augen. Dann sah er Herrn

Aaron an «Euer junger Freund hier hat eine sehr merkwürdige Vorstellung von Freiheit.» Er sah wieder den Mann an «Ich befreie sie nicht. Ich füttere meinen Wolf. Wenn das allerdings für Euch Freiheit bedeutet, so will ich nicht unhöflich sein und Eure Traditionen tolerieren.» Der junge Mann war völlig überrumpelt von diesen Worten. Unwillkürlich blickte er zu Skugir, der neben meinem Meister brav saß und interessiert zu den beiden Männern hoch sah. Mein Meister erklärte nun selbst mit überlegener Art seine Gründe «Versteht mich nicht falsch. Ich erkenne die Vorteile der Sklavenhaltung. Ich kann Skugir auf Menschenfleisch abgerichtet halten und muss keine Repressalien durch die hiesige Obrigkeit fürchten. Da sie nicht als vollwertige Menschen betrachtet werden und praktisch rechtelos sind, kann man sie nur als Ware betrachten. Frischfleisch wäre zu viel gesagt. Lebendiges Fleisch passt wohl eher.» Er sah zu seinem Wolf «Und? Welches soll es für dich diesmal sein? Hast du dir schon eines ausgesucht?»

Leander sah Herrn Aaron irritiert an, der aber nur mit den Achseln zuckte. Der junge Mann verließ uns verständnislos über die grauenvolle Denkweise meines Meisters. Ich hörte nur halbherzig das Gespräch von Herrn Aaron und meinem Meister. Er entschuldigte sich für Leanders Betragen und seine mangelnde Solidarität. Ich war abgelenkt von dem Händler vor uns. Der kündigte eine Rarität an; eine Prinzessin jenseits des wilden Südens von Pacavesco und führte eine dunkelhäutige junge Frau auf das Podest. Sie trug einen Fetzen Fell um die Hüfte um sie exotischer zu machen. Ihr kurzes Haar war lockig und pechschwarz. Er beschrieb sie mit den blumigen Worten, sie sei ein Wildfang und wolle gebändigt werden. Tatsächlich wehrte sich das zierliche Mädchen mit Händen und Füßen und biss sogar den Händler beinah ins Gesicht, was der Menge johlende Rufe entlockte.

Mein Meister ließ Herrn Aaron nach den ersten Geboten mitbieten. Mich wunderte sein plötzliches Interesse. Ich bemerkte aber bald bei den steigenden Geboten, dass nur noch er und der ominöse Fremdländer um das Mädchen boten. Irgendwann stieg auch er aus, womit mein Meister die Auktion für sich entschieden hatte. Für die Summe die er schließlich bot konnte man bei uns Zuhause ein Gehöft mit mehreren hundert Morgen Land erwerben. Er ging mit Herrn Aaron zu dem Händler und wickelte mit ihm den Kauf ab. Die gebotene, horrende Summe legte er wie ein Almosen auf den Tisch und übergab das wehrhafte Mädchen in die Obhut von Ka'Hos, der sie einfach an seinen Gürtel kettete. Das wilde Mädchen gab schnell ihren Widerstand an dem Blutritter auf, da er absolut keine Reaktion auf ihre Tritte und Schläge zeigte. Er unterband schließlich weitere Feindseligkeiten, indem er sie kurz am Halsband packte und zu sich riss. Sie starrte entsetzt mit weit aufgerissenen Augen in die emotionslose Leichenhautmaske. Mein Meister trat zu ihr «Verhalte dich ruhig und dir soll kein Leid widerfahren.»

Er erwarb noch einen jungen Arbeitersklaven und wir kehrten in unsere Unterkunft wieder ein. Dort erst entlohnte er Herrn Aaron mit dem dreißigsten Teil der zuvor gebotenen Summe für seinen

Aufwand. Herr Aaron nahm das Geld entgegen und fragte meinen Herrn, ob er das Mädchen wirklich an seinen Wolf verfüttern wollte. Mein Meister sah ihn desinteressiert an und schüttelte den Kopf «Nein», erklärte er mit lapidarem Tonfall «an ihr ist zu wenig dran. Der Bursche wird Hundefutter.» Der Wolf knurrte kurz als gefiele ihm nicht als Hund bezeichnet zu werden.

Danach starrte mein Meister Herrn Aaron nieder. Er suggerierte ihm mit diesem Blick unverblümt, dass er seine Schuldigkeit getan hatte und nun verschwinden sollte. Herr Aaron ging. An seinem Blick jedoch erkannte ich, dass sich der würdevolle Mann von meinem skrupellosen Herrn benutzt vorkam. Ich fragte mich, ob er sich seiner Tat gewahr wurde und überlegen würde sie ungeschehen zu machen.

Mein Meister verließ das Haus nun kaum noch, hatte aber weiterhin wenig Zeit. Er hatte die dunkelhäutige Schönheit in das vergitterte Gästezimmer im westlichen Flügel im ersten Stockwerk einquartiert. Er verbot unseren Hausdienern jeden Zutritt zu den Räumen und ließ sich alle Schlüssel zu dem Raum aushändigen. Den Sklavenburschen musste ich in meinem Training als Attentäterin töten und ebenso dabei zusehen, wie Skugir sich an dem Toten satt fraß.

Mein Meister empfing nun verschiedenste Händler im Innenhof unseres Hauses und ließ sich ihre Waren zeigen und präsentieren. Er kaufte kleine Flakons mit ätherischen Ölen und größere Steinflaschen in denen noch mehr Öl gelagert wurde. Schälchen mit Salben, Fläschchen mit Tinkturen, Lotionen und Seifen. Neben diesen vielen Pflegeprodukten erwarb er große weiche Tücher und edle Stoffe. Er kaufte auch Gewürze, Kräuter sowie die verschiedenstes Sorten an Obst und Gemüse. Alle diese Einkäufe erledigte er ohne auch nur um einen Preis zu verhandeln. Einzig einen der Gewürzhändler ließ er durch Ka'Hos wortwörtlich hinauswerfen, da er ihm einmal zu oft Ware anbot, die er von Anfang an zurückgewiesen hatte.

Während dieser Transaktionen saß ich schweigend auf den reichbestickten und übergroßen Kissen unseres Empfangszimmers. Ich hatte alles nur beobachtet, da mein Meister keine Anstalten zeigte, dass ich mich in irgendeiner Weise beteiligen sollte. Er ließ sich in meiner Nähe nieder und atmete genervt aus. Abdahal brachte Tee mit frisch gepressten Säften versetzt. Ich befand den zur Abwechslung süßlichen Tee erfrischend und erquickend, mein Meister blieb bei seinem üblichen, tiefdunklen, ungesüßten Tee. Er verzog seine Miene von der trockenen Bitterkeit nur leicht und besah sich seine Liste in Ruhe, während er weitere Schlucke nahm.

«Wir werden in zehn Tagen die Rückreise antreten», bemerkte er beiläufig. Ich sah zu ihm, doch er sah hinauf. Sein Blick war auf den Teil der Decke gerichtet, wo er die Sklavin untergebracht hatte.

Ich fragte ihn, was er mit dem Mädchen vorhatte. Doch er winkte bloß Ka'Hos mit einer leichten Bewegung seiner Hand. Der Blutritter stürmte mit schweren Schritten hinaus und erklomm hörbar die Stufen zum oberen Stockwerk. Wir hörten schrilles Geschrei, das mit jedem Schritt des Septevaren wieder auf uns zu lauter wurde. Er hielt die tobende, junge Frau mit einer Hand fest an sich gedrückt und trug sie heran. Sie schlug und trat nach allen Seiten, jedoch ohne sichtlichen Erfolg. Mein Meister, zuvor noch ruhig, wurde für einen Augenblick von rasendem Zorn ergriffen

«Genug!» sprach er mit strengem Blick. Die Frau wurde tatsächlich ruhiger und starrte ihn mit ihren großen weit aufgerissenen Augen an. Das Weiß in ihren Augen stach aufgrund ihrer dunklen Hautfarbe besonders stark hervor, wirkte auf mich aber mehr einer entsetzten, statt einer finsteren Miene. Beide, mein Meister und seine Sklavin, funkelten sich mit bösem Blicken an. Sie wich jedoch bald seinen eisengrauen, stechenden Augen aus, die in ihrer Dunkelheit nur ahnungsvolle Schrecken durchscheinen ließen. Wie ich schon erwartet hatte übermochte sie meinen Meister nicht in diesem Kräftemessen. Sein Lederhandschuh fasste ihr Gesicht und zwang sie erneut in seine Augen zu sehen

«Wir sind der Meister von dieser hier», raunte er ihr zu «Diese wird uns gehorchen!» Er ging und ließ sich wieder auf eines der Kissen nieder. Mir lief ein eiskalter Schauer über den Rücken. Ich mochte es überhaupt nicht, wenn er die Sprache der Septevaren in unserer Sprache übersetzt aussprach. Es war eine an sich einfach gehaltene Sprache. Septevaren neigen dabei im Plural von sich zu sprechen, ähnlich wie es Adelige oder Könige zu tun pflegen. Sie kennen jedoch noch wesentlich außergewöhnlichere Denunzierung. Sie reduzierten dabei in der Regel ihre Diener nicht nur auf ihr Eigentum, sondern bezeichneten sie sogar als ein Ding. Etwas, das kein Leben zu beanspruchen hatte, mit allem was dazu gehört. Sie nutzen diese Herabwürdigung auf eine Sache auch um ihr Gegenüber und sogar andere Septevaren ihre Überlegenheit oder Macht über jene zum Ausdruck zu bringen. Ansonsten kam diese Sprache ohne große Ausschmückungen oder Wortgewalt aus.

Er wies Abdahal an sich zurück zu ziehen und richtete seine Aufmerksamkeit auf Ka'Hos

«Ashnies'lomar ta' ashnum», befahl er ihm in einem strengen Ton und machte dabei eine fordernde Geste. Der Blutritter gehorchte seinem Herrn und stellte die zierliche Frau auf ihre Füße. Nachdem Sie sich kurz beruhigt hatte, riss er ihr mit einem Ruck die Fetzen ihrer Kleidung vom Leib. Sie schrie und wehrte sich erneut erfolglos gegen den Septevaren, der sich aber unbeeindruckt zeigte. Er beließ einfach seine Pranke auf der Schulter des Mädchens und hielt sie fest gepackt. An ihrem Körper schätze ich sie heute auf vielleicht neunzehn Jahre.

Als sie erkannte, dass ihr Widerstand ergebnislos blieb, verbarg sie ihre weiblichen Züge. Sie gewann jedoch rasch ihre Ruhe wieder und wurde sich ihrer Lage wohl bewusst. Dabei reagierte sie anders als ich erwartet hatte, mein Meister regte bei ihrer folgenden Geste keinen Muskel. Sie nahm etwas zögerlich ihre Hände von Brust und Schoss und sah streng in die Ferne. Ihre gesamte Körperhaltung gewann eine Fassung in der sich Stolz und eine gewisse Unantastbarkeit widerspiegelten.

«Sieh an», sprach mein Meister mit neuer Ruhe, während er an seiner Tasse nippte «wir haben hier anscheinend wirklich eine Prinzessin erworben.» Er setzte geräuschlos seine Tasse ab und trat wieder vor sie «Dann wollen wir diese hier auch als solche behandeln, nicht wahr?» seine Stimme hatte zwar etwas Ehrergiebiges, jedoch war mir sofort klar, dass diese Ehrfurcht aufgesetzt und gespielt war. Er neigte zu grausamsten Zynismus in seinen Machtspielchen. Erneut trafen ihre Blicke aufeinander, doch sie sah weiterhin starr in die Ferne. Ich sah aus meinem Blickwinkel nur ahnungsvoll was mein Meister tat. Er streichelte mit dem Handrücken ihre Wange und ließ seine Hand bei dieser Liebkosung langsam tiefer auf ihre Brust fahren. Die Frau verzog in ihrer Starre keine Miene, nur ein kurzweiliges Zucken hatte ihren Körper geschüttelt.

«Vielleicht», begann mein Meister und sah zu Ka'Hos, der jedoch ebenso teilnahmslos bei ihnen stand und die Frau eisern fixiert hielt «Vielleicht sollten wir diesen Stolz aber auch einfach brechen und uns ihr Fleisch gefügig machen.» Er hatte seinen Blick von dem Blutritter nicht gelöst, jedoch seine Hand weiter an und schließlich in ihren Schoß geführt. Die Frau reagierte erneut fuchsteufelswild und wurde von Ka'Hos harsch zurück gerissen, als sie meinem Meister das Gesicht zerkratzte. Der Hüne

hatte die zierliche Frauengestalt über seinen Kopf
empor gerissen. Je an einem Arm und einem Bein
hielt er sie gepackt und wehrlos strampelnd über
seinen Kopf gehoben. Sie schrie, als sein schraub-
stockartigen Griff sie langsam drohte in zwei Hälften
zu zerreißen. Doch mein Meister reagierte erschreckend gelassen auf diesen schmähvollen Angriff auf
seine Ehre. Er wies den rasenden Blutritter mit einer
Geste an aufzuhören.

«Diese vergießt unser Blut», stellte er verärgert
fest. Ihre Attacke hatte mehrere rote und auch blu-
tende Striemen auf seinem Gesicht hinterlassen
«Doch wir werden es dieser hier auf eine Weise
vergelten, die sie nicht erwarten wird.»

Ka'Hos setzte sie ab, diesmal hielt er ihre Arme
auf ihren Rücken. Mein Meister trat wieder an sie
heran. Ihr Blick war erschrocken, als sie die bluten-
den Stellen in Augenblicken verheilen sah. Selbst das
Blut floss wieder zurück in die Wunden zurück.
Mein Meister schnippte mit den Fingern und wies
dabei gleichzeitig Ka'Hos an ihm zu folgen. Sie gin-

gen hinauf und ich schickte mich an ihnen nach einiger Zeit unauffällig zu folgen.

Mit geräuschlosen Schritten schlich ich mich die Steintreppe hinauf und betrat von meinem Zimmer aus die umlaufende Terrasse. Die schweren Schritte des Blutritters waren im Gebäude zu hören. Mein Meister musste ihn fortgeschickt haben. Nachdem ich mich an die Lichtverhältnisse auf der beschatteten Wohnungsseite gewöhnt hatte, spähte ich durch eines der mit dickem Holz vergitterten Fenster in den Raum. Das Gitter war verschnörkelt zu einem zierlichen Blumenmuster geschnitzt. Dennoch ließ es Licht hinein und bot starken Schutz vor unbefugtes Betreten oder in diesem Fall vor unerlaubtem Verlassen. Ich erkannte die junge Frau, die sich torkelnd gegen den festen Griff meines Meisters erfolglos wehrte. Er musste sie unter Drogen gesetzt haben und führte sie nun zu einem niedrigen Tisch. Er legte sie auf den mit den großen weißen Tüchern ausgelegten Tisch und holte summend die Ölflaschen heran. Er mischte eine Weile die unterschiedlichen Flaschen und Fläschchen miteinander, ehe er wieder an die vollkommen benebelte Frau herantrat. Er wusch sie zuerst gründlich und sorgsam, danach rieb er sie mit dem gemischten Öl ein. Der schwüle, süßliche Duft von verschiedenen Blumen, Gewürzen und Zitrusfrüchten betäubte sogar mich, die in der lauen Brise des Abends vor dem Fenster hockte. Der betörend florale Duft wurde von dem herberen Geruch nach Pfeffer und Minze sanft begleitet. Ich spürte wie mir selbst warm wurde und mein ganzer Körper zu kribbeln begann. Ich warf noch einmal einen schnellen Blick in den Raum, wo mein Meister seine Hand gerade zwischen ihre Schenkel versenkt hatte und zog mich unauffällig in meine Räume zurück um diesen innigen Moment auf mich wirken zu lassen.

In den Tagen bis zu unserer Abreise wiederholte sich dieses Ritual meines Meisters mit seiner Sklavin. Der Ablauf und das Ergebnis wurde immer orgastischer, sodass bald regelmäßig das Stöhnen der zierlichen Frau durch das ganze Haus zu hören war. Diese mich schon bald nervende Geräuschkulisse war bei fast jeder Zeit des Tages zu hören.

Nur in einer Nacht unterbrach mein Meister ihre Behandlung. Herr Aaron hatte versucht mit Leander und einigen weiteren Männern in unser Haus einzudringen und die Gemächer meines Herrn zu stürmen. Sie hatten jedoch nicht mit der unmenschlichen Kraft von Ka'Hos gerechnet. Ihre Pfeile prallten schadlos an der massiven Rüstung ab oder zeigten keine Wirkung, so sie denn sein Fleisch durchdrangen. Mühelos zerhackte er mit seinem riesigen Schwert die angreifenden Männer. Als sie dennoch drohten durch ihre schiere Zahl ihn zu Fall zu bringen, begann er ihre Leiber mit schnellen, aber mächtigen Fausthieben zu zertrümmern. Keiner, den seine gewaltige Faust traf, stand danach mehr auf. Von dem tosenden Lärm sterbender und kämpfender Männer traten mein Meister und auch ich auf die Treppe hinaus. Die Hände meines Meisters tropften dabei vor Massageöl. Er sah auf die blutige Lache, die sich am Fuß der Treppe nach ihrem kaskadenartigen Abfluss recht gleichmäßig ausbreitete. Mein Meister sah mich an, seine Augen waren von dunklen Ringen umrahmt und gerötet.

«Ich war der Meinung, dass ich mich gegenüber diesem Herrn Aaron deutlich genug ausgedrückt hatte», bemerkte er gefühlskalt «Wie bedauerlich», fügte er mit noch kälterem Ton an. Ich konnte einen flüchtigen Blick in den Raum erhaschen, aus dem er gekommen war. Zu sehen waren nur die nackten Beine und der leicht aufgesetzte und damit erhobene Po seiner Sklavin. Mein Meister musste mich dabei bemerkt haben, da er mich mit müden Augen ansah

«Gibt es eigentlich einen Grund warum du meine Arbeit mit deiner widerlichen Neugierde anstarrst?» Ich schrak zurück und versuchte seiner Anfeindung auszuweichen. Ich fragte ihn nach dem Namen seiner Errungenschaft. Seine Antwort blieb für mich vorerst unverständlich, sollte aber später ein ganz anderes Licht auf seine Äußerung werfen.

«Ihren Namen? Das wofür ich diese dort brauche, ist ein Namen unbedeutend. Etwas einen Namen zu geben würde bedeuten es wertzuschätzen. Es zu achten und auf eine gleiche Ebene zu heben.» Der furiose Blick und rasche Rückzug meines Herrn unterband weitere Fragen. Kurz darauf quoll wieder

192

das laszive Stöhnen seiner Sklavin durch die verschlossene Tür. Ich trat zurück an den Handlauf und beobachtete Ka'Hos dabei wie er die Leichen auf den Innenhof schleifte. Wie bei der Weinherstellung begann er mit seinen Füßen auf die leblosen Körper zu stampfen, damit auch der letzte Tropfen Blut aus ihnen gepresst wurde. Das viele Blut verteilte sich weiter über den Marmorboden und Innenhof. Es schauderte mich und ich zog mich in mein Zimmer zurück. Ich dachte an die Dienerschaft dieses Hauses. Sie kannten die Gepflogenheiten eines blutopfernden Septevaren nicht und mussten wohl Todesängste aushalten. Den Rest der Nacht konnte ich nicht mehr schlafen und starrte die Decke an.

Nach dem Zwischenfall mit Herrn Aaron und dem blutigen Ritual von Ka'Hos, reisten wir am nächsten Morgen früh aus En Parthis ab. Mein Meister hatte kein Interesse an weiteren Feindseligkeiten durch den Tod dieser Männer und dem grotesken Altar den Ka'Hos im Innenhof aus ihren Überresten errichtet hatte. Ich vermochte diese Scheußlichkeit keinen Augenblick anzusehen.

Im frühen Herbst erblickten wir wieder das vertraute Antlitz von Schloss Schwarzmoor. Während unserer Reise hatte mein Meister nur noch sehr wenig Umgang mit mir gehabt. Wenn ich mich recht erinnere hatte ich ihn bei unserer langen Rückreise nur zwei Mal wirklich zu Gesicht bekommen. Es schien fast, er bereiste eine andere Route. Dennoch trafen unsere Kutschen kurz vor dem imposanten Portaltor zum Landsitz meines Herrn wieder aufeinander. Ich wechselte in die Kutsche meines Herrn, in der auch seine schöne Sklavin saß. Er hatte sie nach der hiesigen Mode gekleidet, was etwas absonderlich an ihr aussah. Ihrem Gesicht nach zu beurteilen war ihr diese Kleidung auch befremdlich. Ich lenkte mich ab und beobachtete die vorüberziehende Landschaft, da nicht viel in der Kutsche gesprochen wurde. Der herrschaftliche Sitz meines Herrn lag sehr weit abseits der politischen Bühne der Vereinten Königreiche in Zentralmittreich. Das Anwesen thronte auf einer Felsengruppe und besaß einen aufgeschütteten Wehrring auf dem das eigentliche Schloss stand. Den Namen Schwarzmoor hatte die

Landschaft aufgrund des großen dunkelerdigen Moores hinter dem Flussmarschland. Hier und da standen in paar Inseln aus kleinen Baumgruppen.

Ich beobachtete die gespenstische Landschaft mit dem schwer hängenden Nebel und den wenigen, sich im Wind wiegenden Korbweiden. In dieser Nebelkulisse muteten sie wie finsteren Umrisse von Riesen an. Beleuchtet wurde dieses gräuliche Bild von der glutgelben Sonne, die noch tief im Morgengrauen stand. Ich überlegte wie unwirklich diese Landschaft auf die Prinzessin wirken musste.

Wir fuhren an den beiden Gebäudeflügel vorbei durch das große Portaltor in den Innenhof ein. Dort am Eingangsbereich empfingen uns neben den Hausdienern auch die Salveten von Ka'Hos, die Leibwache des Blutritters und damit auch meines Herrn. Die Haeresier blieben nach der kurzen und formalen Begrüßung unter sich. Mein Meister betrat seinen herrschaftlichen Sitz unbekümmert und zog sich in seine Räume zurück, nachdem er seinen Hofdiener Albeer angewiesen hatte die Räume neben seinem Schlafgemach für seine Sklavin herrichten zu lassen. Seine Anweisung überraschte nicht nur mich. Mein Meister zog es vor Gäste und selbst seine Vertrauten mindestens mit zwei Zimmern Abstand zu seinen Räumen unterzubringen. Albeer stand schon lange im Dienst meines Herrn, sodass er diese Weisung nicht hinterfragte. Er gehorchte und scheuchte die Hausmädchen zurück zur Arbeit. Nachdem mein Meister seinen Reisemantel, Stock und Hut abgelegt hatte, stieg er langsam die Treppe zum Ostflügel hinauf. Seine Sklavin folgte ihm zögerlich. Ich wartete auf dem Flur und beobachtete wie mein Meister am Ende des Korridors durch die zweiflüglige Tür auf der Kopfseite des Flures verschwand. Die Truhen, Kisten und Taschen wurden ebenfalls in seine Räume gebracht. Ich wartete auf meine Sachen, da zuerst das wenige Gepäck der Sklavin und anschließend erst meines hineingetragen wurde. Mein Meister machte keinen Hehl aus der neuen Rangordnung.

Albeer kam schließlich etwas verschwitzt von der Anstrengung zu mir. Er sah neben mir den Korridor hinab zu den Räumen unseres Herrn.

«Diese schwarzhäutige Frau, wer ist sie? Und was ist das für eine Person, dass der Graf ihr erlaubt direkt neben seinen eigenen Räumen zu wohnen?» In seiner Stimme schwang Beunruhigung mit. Ich berichtete ihm kurz und knapp von dem Kauf. Auch sollte er sich nicht wundern, da er ihre Dienste als Konkubine in den letzten Wochen sehr exzessiv nutzte. Ich wollte nicht weiter seine Geheimnisse ausplaudern und zog mich daher in meine eigenen Räume zurück.

Ich war froh endlich zurück zu sein und wechselte in bequeme Kleidung. Dennoch war meine Stimmung auf einem Tiefpunkt angelangt, da mein Meister diese Wilde über alle seine Geschäfte und Arbeit stellte. Er schien geradezu besessen von ihr zu sein. Ich lag auf dem Bett und starrte in den bordeauxroten Baldachin über mir. Sie musste das Zimmer fast neben meinem haben. Das Gemäuer war alt und besaß auch den einen oder anderen Geheimgang. In meiner Anfangszeit auf Schloss Schwarzmoor hatte ich etwas Zeit gehabt diese zu erkunden. Nach dem Beginn meiner Ausbildung und Training zur Atten-

täterin standen diese spannenden Entdeckungsrei-
sen zugunsten meiner Erholung und Regeneration
zwischen den Übungen deutlich zurück.

Zu den Räumen meines Meisters führte tatsächlich kein einziger Geheimgang. Ganz im Gegenteil
zum Rest der Wohnungen und Gästezimmer war
sein Teil des Gebäudes durch eine massive Steinmauer abgeschirmt. Neben meinem Kamin war eine
holzvertäfelte Wand mit goldenen verschnörkelten
Rankenmustern. Eines der Efeublätter drehte ich
leicht und mit einem leisen Knacken löste sich der
versteckte Riegelmechanismus der Geheimtüre. Ich
schob die so aufgesperrte Tür nach innen und trat in
die muffige Finsternis. Vorsichtig tasteten meine
Finger entlang der klammen Mauer grob geschlage-
nen Sandsteins. Die überall herumhängenden
Spinnweben wischte ich mit einer fuchtelnden Bewegung auf Kopfhöhe fort, da ich diese nicht im
Gesicht haben wollte. Ich schob mich durch den
schmalen Gang, schlich an meinem Zimmer vorbei
und auch an dem Zimmer neben meinem. Nach
weiteren Schritten bemerkte ich einen dumpfen

Lichtschein vor mir. Ich tippte mit den Fußspitzen die vor mir liegende Treppenstufen an. Mein Atem wurde unwillkürlich flacher, als ich die Stufen nun tastend empor kletterte. Sie waren steil und kurz. Der darauf aufgebrachte Stoff dämpfte meine Schritte ab, machte diese Kletterpartie aber auch rutschiger. Ich erreichte den Steg und blickte auf die Quelle des Lichtscheins. Es war ein engmaschiges Gitter aus Drahtgeflecht, das von der anderen Seite des Raumes kaum als verstecktes Sichtfenster erkannt werden konnte. Von der Seite des Zimmers aus war es ein schlichtes Stilelement zur Verzierung der Wand. Tatsächlich bot es die einmalige Gelegenheit den Bewohner dieser Räume ungesehen zu beobachten und sogar zu belauschen. Die Höhe an der Wand unterband zudem die unerwünschte Entdeckung dieses Spionagefensters und verschaffte mir nun auch einen guten Überblick über den Raum.

Das Zimmer war ähnlich wie meines aufgebaut; weiße Wände mit Blattgold verzierten Rankenmotiven, ein aufwendig verlegter Parkettboden mit passenden Möbeln, filigranen Intarsien und vergoldeten

Stilelementen. Ich entdeckte einen Schreibtisch an den großen Fenstern und mehrere Polsterstühle mit roten Samtbezügen. Ein zentraler, runder Tisch mit ausladendem Blumenbouquet rundete die edlen Räumlichkeiten ab.

Ich bemerkte Bewegung links unter mir. Die Konkubine streifte gerade den Unterrock ab und hatte sich damit gänzlich entkleidet. Mein Meister tauchte verborgen hinter dem Baldachin des Bettes auf. Er stellte Räucherwerk auf dem zentralen Tisch ab und verteilte ebenso kleine Schalen mit irgendeiner Flüssigkeit darin, die unter Kerzen erhitzt wurden. Klirrend stellte er einen Koffer auf dem zentralen Tisch ab. Die junge Frau näherte sich ihm von hinten mit anzüglichen Schritten. Mein Meister war damit beschäftigt mehrere Fläschchen in einer größeren Flasche zusammen zu träufeln. Als sie ihn erreichte umgarnte sie ihn, doch er zeigte keine Reaktion. Mit einer geschickten Bewegung schlüpfte sie in seinen Hausmantel und rieb sich lasziv weiter an seinem Körper. Mein Meister schien dieses liebkosende Umschmeicheln nun entweder zu gefallen oder er ignorierte ihre intime Annäherung völlig. Da sein Gesicht mir abgewandt war, konnte ich das nicht feststellen. Mir dagegen stieg das Blut in den Kopf, diesmal mehr um den Ärger als vor Scham. Ich war wütend auf meinen Meister. Ich starrte durch das Gitter, wie er sie erneut begann mit seinen Ölen und Tinkturen einzureiben und zu massieren. Erneut stieg mir der intensive florale, herbsüße Duft in die Nase und ließ meinen Körper trotz der feuchten Kühle in meinem Versteck warm und wohlig werden. Ich beobachtete die beiden bei ihren innigen Momenten, war dabei seltsam erregt und doch wütend zugleich. Ich bemerkte, dass ich diese Frau nicht mochte.

Ich hielt den Atem an, da ich dachte etwas neben mir in der Dunkelheit gehört zu haben. Doch nach einigen Minuten blickte ich wieder zurück zu dem lustvollen Schauspiel. Hätte ich nur auf meinen Instinkt gehört. Plötzlich stand Angul, der Hauptmann der Leibwache über mir. Er presste mir seine Hand fest auf Mund und Nase. Er drückte meinen Kopf so hart gegen die Wand, dass ich dachte, er würde mir den Schädel brechen. Ich war so überrumpelt von seiner Anwesenheit, dass ich mich gar nicht wehrte und vor Schock erstarrt zu seiner finsteren Miene im Halbdunkel aufsah. Der Mangel an Luft und den schweren Düften ließ mich für einen Augenblick in dämmernder Trance fallen.

Meine kurzzeitige Ohnmacht musste von Angul ausgenutzt worden sein mich an die Wand hinter mir anzuketten. Ein starker Lederriemen hielt meine Hände auf dem Rücken fixiert. Meine Beine waren ebenso an den Fußangeln und Knie gefesselt. Ich begutachtete meine Lage. Ein Metallring befand sich über mir in der Wand. Durch diesen Ring war ein Lederriemen gezogen, der mit meinen Haaren verknotet war. Diese unbequeme Fesselung zwang mich auf dem kleinen Podest vor dem Spionagefenster zu verweilen. Mein Bewegungsspielraum war minimal, jedoch war ich im Stande mich in dem schmalen Geheimgang anzulehnen. Ich stieß mit dem Oberschenkel gegen etwas und spürte kalte Nässe am Bein. Eine große Schale mit Wasser stand neben mir. Diese Situation missfiel mir und alle Nerven meines

Körpers waren zum Zerreißen angespannt, da mir dämmerte was er bezweckte.

Ich harrte in meiner Zwangslage notgedrungen aus und beobachtete das Wechselspiel in dem Raum unter mir. Das Mädchen ließ er stundenlang alleine und tauchte nur ab und an auf. Dann war der Ablauf immer der gleiche. Sie versuchte mit ihm zu schlafen, er hielt sie davon jedoch immer behutsam ab. Stattdessen rieb er sie mit seinen Ölen ein oder beweihräucherte den Raum. War dieser Duft anfangs noch sehr angenehm und löste bei mir wohlige Gefühle aus, so dröhnte mir bald schon der Schädel von diesen schwülen, süßlich narkotischen Dünsten. Dieser Umstand sorgte dafür, dass ich in den folgenden Tagen in den Momenten angespannter Klarheit und benebeltem Dämmern schwankte.

Später erst erfuhr ich durch Albeer, dass ich fast zwei Wochen in dem Geheimgang angebunden kauerte. In dieser Zeit konnte ich nur Wasser oder Brühe trinken. Je nachdem was bei meinem nächsten Erwachen in die Schale geschüttet worden war. Wie ich in dieser Zeit meine Notdurft verrichten musste, spare ich an dieser Stelle lieber aus.

Der Hunger war an sich nicht das Schlimmste an dieser Situation. Schlimmer war der Zwang der Untätigkeit. Körper und Geist waren ohne Beschäftigung, ohne Ablenkung. In meinen klaren Momenten beobachtete ich daher schweigend das dunkelhäutige Mädchen. Sah jede ihrer Bewegungen, hörte jeden seltenen Laut ihrer Sprache. Sie schwieg auch fast nur und beobachtete ihre Umgebung, genau wie ich. Ich hatte tatsächlich nichts anderes in diesen zwei Wochen zu tun als sie zu studieren und jeden Charakterzug, jede noch so kleine Bewegung von ihr in mir aufzunehmen und zu erfassen. Wenn sie ging so schwang ihre zierliche Hüfte ganz leicht auf die Seite des Beines, das gerade belastet wurde. Ihre Arme pendelten nur ganz sacht mit, die Schultern blieben dabei fast bewegungslos. Sie machte stets auch nur kleine Schritte, sodass immer eine halbe Fußlänge Abstand zwischen ihren flach aufsetzenden Füßen blieb. Ihren Brustkorb dagegen hielt sie gerade und aufrecht. Wenn sie stand neigte sie dazu ihren Rücken durch zu drücken, sodass ihr eigentlich flacher Bauch dicker wirkte als er in Wahrheit war. Sie aß die wenigen Speisen in ihrem Zimmer mit den Händen und ließ dabei das Essen kopfüber in ihren Mund fallen. Das Trinken aus Bechern und Schalen hatte sie inzwischen durch meinen Meister angenommen. Sie trank aber nie in einem Zug, immer nur kleine Schlucke mit Pausen dazwischen. Zu den anderen Mahlzeiten wurde sie durch meinen Meister abgeholt. War sie alleine, so trug sie in der Regel nur ein weißes Nachthemd aus feinem Leinen. Ihr dunkler Körper war durch den dünnen, hellen Stoff deutlich zu erkennen. Für diesen doch sehr leichten Kleidungsstil zu dieser kühlen Jahreszeit brannte der Kamin praktisch den gesamten Tag und die gesamte Nacht durch. Ich ertappte mich die Momente zu bedauern an denen sie verhüllt war. Nichts läge mir ferner als eine Frau zu begehren, doch ich konnte mich des Gedankens nicht erwehren sie um ihre Bräune zu beneiden. Generell mochte ich sonnengebräunte Haut lieber als diese totenweiß gepuderte Haut der Adeligen, auch wenn braune Haut Zeichen niederen Standes war. Vielleicht erinnerte sich mein Unterbewusstsein seiner Herkunft, vielleicht brachte es aber auch nur helle Haut mit den oft arroganten Charakterzügen der Adeligen in Verbindung. Was ich aber wusste war, dass mir ihre zierliche Gestalt mit dieser schönen, gleichmäßig gebräunte Haut gefiel. Sie war in ihrem jungen Alter noch nicht sonnengegerbt wie ich es bei den Älteren in Bab Ilîm beobachtet hatte. Ihre Haut war straff und wirkte von meiner Ferne aus weich und geschmeidig. Wurde sie von meinem Meister mit Ölen eingerieben, so gewann sie diesen wunderbaren goldenen Glanz.

Irgendwann am Ende dieser zwei Wochen erwachte ich aus meinem Dämmerschlaf und war frei. Die Fesseln waren fort und meine Haare waren ebenfalls nicht mehr an dem Metallring gebunden. Ich erhob mich zitternd und kletterte langsam die steilen Stufen hinab. Ich konnte es kaum glauben und hielt diese Freiheit für surreal. Selbst als ich mein Zimmer betrat, kam mir diese neue Situation vor wie aus einem Wunschtraum. Ich lauerte in die Stille meiner Umgebung, da ich erwartete jeden

Moment zu erwachen und wieder vor dem Gitter zu liegen. Dabei die klamme, kalte Mauer im Rücken und die dunstige Wärme mit ihren betörenden, narkotischen Düften wahrnehmend.

Albeer erschien in meinem Raum. Sein rechter Mundwinkel und die linke Augenbraue waren etwas hochgezogen. Das war sein typischer Blick, wenn ihm das Äußere oder Benehmen einer Person nicht gefiel, er aber aus Höflichkeit nichts sagen durfte. Er erklärte mir den Befehl des Grafen. Ich sollte mich waschen und saubere Kleidung anziehen. Danach würde mich der Salvet vor meiner Tür zum Grafen bringen.

Ich folgte dem Fingerzeig des Hausdieners und fand eine leicht dampfende Schüssel klaren Wassers vor. Ich wusch mich mit dem warmen Wasser und der dabei liegenden Seife. Ich hätte in dem Moment ein heißes Bad dieser Katzenwäsche vorgezogen. Die Wärme des Wassers schaffte es bloß mich oberflächlich aufzuwärmen. Die Kälte der letzten Wochen war tief in mein Fleisch gekrochen und im Augenblick nicht heraus zu bekommen. Beim Waschen bemerkte ich meine dünner gewordenen Arme und Beine. Auch meine Finger waren knochiger geworden. Mein Gesicht wirkte im Spiegel grau und eingefallen. Ich zog mich von diesem Anblick zu meinem Bett zurück, auf dem Kleidung für mich bereit gelegt worden war. Ich zog das einfache Kleid an und legte den Gürtel und ebenso die gestrickte Jacke an. Nachdem ich mich etwas an meinem Kamin aufgewärmt hatte, trat ich hinaus.

Der Salvet war gegen den hohen Fenstersims gegenüber meiner Tür im Flur gelehnt und sah mich grimmig an. Er sagte kein Wort, seine Arme lagen verschränkt vor seiner Brust. Er richtete sich auf und ging mir voraus. Ich folgte ihm langsam. Ich war mir nicht sicher ob der Abend oder der Morgen an diesem düsteren Herbsttag graute. Ich folgte mit betäubten Sinnen dem kleinen Laternenschein vor mir. Ich hoffte, dass er mich zum Speisesaal führte. Doch er brachte mich unter dem Kreuzgang des Innenhofs in den Westflügel. Ich beobachtete die tristen und vom Herbst im Sterben liegende Gartenanlagen. In keinem der Fenster brannte Licht. In dem Korridor, der zum Blauen Salon führte, stand mein Meister mir mit dem Rücken zugewandt. Er unterhielt sich mit Ka'Hos und in seinem Augenwinkel sah ich die gewohnte Strenge zu dem Blutritter, während die beiden fast murmelnd in der mir fremde Zunge sprachen.

Mein Meister schickte den Blutritter fort als wir ihren betraten. Der Salvet war ebenfalls an meinem Herrn mit ehrerbietender Geste vorbeigeschritten und begleitete Ka'Hos. Mein Meister trug nur sein schwarzes Hemd ohne den Hausmantel, sodass die gebundenen Ärmel mit den silbernen Stickereien im fahlen Grau des Tages nur schimmerten. Er blieb weiter abgewandt von mir stehen. Seine Hände verschränkte er auf den Rücken, während er sprach ohne sich zu mir umzudrehen.

«Nun, wir hoffen wir konnten ihre Neugierde mit unserer disziplinaren Maßnahme ausreichend befriedigen. Hat sie genug gesehen oder sollen wir noch ihre Hand greifen und führen, sodass sie auch Anteil an dem Gefühlten nehmen kann?» Ich verneinte leise seine vorwurfsvolle Frage.

«Ich verachte Neugierde aus Unbeherrschtheit. Neugierde ist gut und wichtig. Doch wenn sie nicht dem Studium, dem Drang nach Wissen und Erkenntnis gewidmet ist und damit ein Ziel und Zweck verfolgt, so ist sie destruktiv und eine Verschwendung von Zeit und Mitteln», erläuterte er und ging langsam den Korridor hinunter zum Blauen Salon.

Der Salon diente ihm normalerweise als Refugium und zweites Arbeitszimmer, wo er seine Bücher außerhalb der Bibliothek las und Gäste für geistreiche Gespräche empfing. Der Raum war nicht sonderlich groß. Sein Name rührte von der Vliestapete mit goldenem Grund und den tiefblauen Ornamenten. Die Decke war in ebensolchen Blau gestrichen und besaß feinere Sternornamente. Aufgelockert wurde dieses raumeinnehmende Muster durch große Landschaftsbilder. Der Raum selbst wurde von einer großen Öllampe mit exotischer Ästhetik beleuchtet. Von der Decke hingen in konzentrischem Muster um diese Öllampe kleinere Öllampen die in fulminanten Farben leuchteten. Die Möbel waren von klassischer

Schlichtheit, allein die edlen, goldschimmernden Hölzer verliehen ihnen Pracht.

Zwei Salveten standen Wache zu beiden Seiten der Tür, die er nun aufschloss «Sie wird in zwei Tagen bei dem Baron von Glattwasser einen Auftrag erledigen. Es wird ein Mord sein. Sie wird mit ihm schlafen und er wird an dem verabreichten Gift sterben, sodass es wie ein…», er suchte gemächlich nach dem passenden Wort «Unfall aussehen wird.» Ich versuchte mich mit ihm durch Professionalität wieder gut zu stellen und fragte ihn welches Gift ich nutzen sollte und wie es zu verabreichen sei.

«Sie wird ein sehr bestimmtes Kontaktgift verwenden. Bei Hautkontakt wird es in den Körper eindringen und seine Wirkung entfalten. Es wird zum Herzstillstand kommen. Der Baron ist recht feist. Sie muss sicherstellen, dass er körperliche Anstrengung erfährt und zu schwitzen beginnt. Das öffnet die Haut und er wird das Gift leichter und schneller aufnehmen.» Mir war mulmig bei dieser Erklärung. Ich führte mein Wissen aus, dass Kontaktgift üblicherweise in Kleidung und ähnliche dem

Körper nahe Gegenstände eingebracht wird. Ein solches Gift bei körperlicher Nähe einzusetzen wäre ebenso gefährlich für den Attentäter. Auf diese Äußerung gebot er mir nur mit stummer Geste ihm zu folgen.

Der sonst sonnenerhellte Blaue Salon war ebenso in grauem Herbstdunkel getaucht. Der ausladende Paravent kurz hinter der Tür hielt ungewollte Blicke und kalte Luft draußen. Ich schloss die Tür und war erfreut, dass der Raum merklich wärmer als der herbstkalte Korridor war. Eine feuchte Wärme umfing mich und der schwere Duft von Weihrauch und Räucherwerk quoll in meine Nase und betäubte sie, sodass ich durch den Mund atmete. Bevor ich um den Paravent herumgehen konnte legte sich mir ein metallischer Geschmack auf Mund und Zunge.

«Ihre Besorgnis um ihren eigenen Tod ist rührend, aber unbegründet. Selbstverständlich haben Wir das bedacht. Dieses Gift nennt sich in seinem Herkunftsland Sklaventod. Da es normalerweise ohne deren Wissen auf die Haut von Sklaven aufgetragen wird, die dem Opfer zu Liebesdiensten zur

Verfügung sind.» Ihn schien plötzlich ein Gedanke ergriffen zu haben, der ihn dazu veranlasste sich abrupt umzudrehen. Seine eisengrauen Augen starrten seelendurchbohrend in meine. Er stand mit seinem Gesicht direkt vor meinem, sodass ich mich unwillkürlich nach hinten beugte

«Sie kann sich glücklich schätzen», zischte er ernst «Wir haben unser Interesse an ihr noch nicht aufgegeben.» Er fuhr wieder herum und blieb stehen «Dieser Auftrag kommt mir schon teuer genug», bemerkte er wütend. Ich fragte ihn, ob die in En Parthis erworbene Sklavin für diesen Zweck herhalten werde. Er sah für einen Moment zornig vor sich hin und murmelte sein Eingeständnis nur leise für sich. Aufgrund seiner Nähe konnte ich ihn dennoch verstehen. Er sagte «Es würde zu lange dauern diese Wilde so zu bändigen, dass sie eben genau das tut.» Seinem Gesicht war der Zorn anzusehen über diese unbedachte Unwägbarkeit. Seine Augen richteten ihre Aufmerksamkeit wieder auf die meinen. Ich erkannte in diesem Moment, dass der fremdländische Gegenbieter auf der Auktion mit dem Baron sehr wahrscheinlich im Zusammenhang stehen musste und fragte ihn nach dem Mann. Er sah mich an, als müsse er noch abwägen, ob er mich dieses Geheimnis wissen lassen wollte.

«Der Baron von Glattwasser hatte einen Kaufmann für Sklavinnen beauftragt für ihn etwas – mit seinen Worten – Exotisches zu kaufen. Diesen Mann verschlug es nach En Parthis. Er erschien vier Tage nach unserer Ankunft in der Stadt. Am fünften Tag sollte er nach den genauen Vorstellungen des Barons eine Sklavin erwerben. Sie kann sich vorstellen, dass dies kein Zufall war. Dieser Kaufmann war jener Mann auf der Auktion. Er erwarb zu einem späteren Zeitpunkt eine andere Frau, die ich auf unserer Rückreise aber habe» er stockte erneut über seine Worte, als würde er sich selbst an den Vorfall erinnern «verschwinden lassen.» Er machte eine Pause. «Ich werde sie diesem Kaufmann als Ersatz unterjubeln, sodass ich seine Gunst erhalte und von allem Zweifel erhaben sein werde, wenn sein Klient an Herzversagen stirbt.» All dies hatte er in einem sachten, besonnenen Ton gesagt. Nun aber wurde er

214

gereizter «Hat sie den Plan nun verstanden?» Ich nickte und war wieder einmal von dem Weitblick meines Meisters überwältigt. Er trat um den Sichtschutz und ich folgte ihm. Doch sein Pragmatismus sollte mich noch mehr überwältigen.

Er blieb an einem mitten im Saal aufgestellten Bottich stehen. Ich wunderte mich noch darüber und betrachtete den Inhalt. Seine Hand verschwand in der dunklen, Flüssigkeit. Er zog einen dunklen Stoff aus der öligen Substanz hervor.

«Sie hat durch ihre Bestrafung ausreichend an Fülle verloren. Eine Schlankheitskur wird daher nicht mehr nötig sein. Dies hier wird sie bei ihrem Auftrag vor dem Gift schützen und es wird ihr Tür, Tor und den Weg ins Bett des Barons öffnen.» Ich trat näher und sah nun erst genauer hin. Mein Körper erstarrte in eiskaltem Entsetzen. Erst jetzt bemerkte ich das Blut an seinen Händen und die blutverschmierte Schürze an der Taille meines Meisters. Ich sah die grauenvollen Instrumente und Werkzeuge auf den abgedeckten Tischen zu meiner Seite liegen. Doch ich wollte nicht glauben, dass das da in der Hand meines Herrn jenes Braun war, das ich zuvor in einer Zeitspanne von fast zwei Wochen zu beneiden begonnen hatte und umso lieber ansah wenn es in Öl eingerieben seinen goldbraunen Glanz entfaltete.

Das Geräusch von Tropfen in die spiegelglatte Oberfläche der Wanne ließ mich aufsehen und fast zusammenbrechen. Die meisten Laternen im Raum waren aus ihren Ösen an den verzierten Holzbalken der Decke abgehangen worden. An diesen hingen nun grobe Ketten herab. An diesen Ketten waren Haken befestigt, die wie beim Schlachter in Fleisch getrieben waren.

Über meinem Kopf schwebte gespenstig an diesen schweren Ketten ein blutiges Etwas. Leise fielen Tropfen von diesem fleischroten Ding in den Bottich. Ich stand regungslos da. Alle meine Gefühle, waren sie inzwischen noch so gut trainiert und abgehärtet, schrien nach Flucht. Selbst meine Instinkte verweigerten meinem Körper den Dienst. Dieser bluttriefende Leib über mir zitterte, kaum erkennbar. Allein die Übertragung auf die sacht schwingenden Ketten ließen den krampfenden und zitternden Todeskampf erkennen. Ich sah die blanken Fasern von Muskeln, die sich wie Myriaden an Würmer um den schlanken Torso schlängelten und unkontrolliert zuckten. Es war unverkennbar das zierliche Sklavenmädchen, fein säuberlich gehäutet und skalpiert. Ihre blanken, weißen Augen starrten unerschütterlich in die Ferne. Mich überrannte in diesem Moment der Gedanke, dass ich – so ausgemergelt wie ich war – in ihre Haut schlüpfen und den Baron vergiften sollte.

Die Kapuze

Meine Familie nannte die Königsstadt Torm schon immer ihre Heimat. Unser Name Schiffshauser war weithin berühmt für tüchtiges Kaufmannstum, mit dem unsere Familie sich im Handel mit allen nur denkbaren Waren verdingte. Die weitläufige Küstenstadt Torm zählte zu den größten Umschlagsplätzen aller Waren aus dem Überseehandel der gesamten mittreicher Westküste und zwischen Westreich und Mittreich selbst. Von hier stachen sie alle weiter in See. Sei es nach Norden in Richtung des Ewigen Reichs Arkalon und dem Viktorianischen Großreich oder in den Süden nach Haeresien und Südreich. Es gab in Torm praktisch nichts, was es nicht gab, solange der Preis stimmte.

Benedikt Schiffshauser, mein Urgroßvater mütterlicherseits, besaß zwei abseits von Torm gelegene Schiffswerften und war weithin bekannt für seine schnellen Pinassschiffe und großräumigen Handelsfleuten. Mein Vater, der als Kaufmann in die

Familie eingeheiratet hatte, konnte ihn schließlich davon überzeugen die Schiffe zum eigenen Vorteil zu nutzen. So verkaufte mein Großvater seine Schiffe nicht mehr, sondern nutzte sie als Grundstock und Rückgrat einer eigenen Handelsflotte. Mein Vater heuerte mehrere Handelsleute und Kapitäne an und bestückte die Schiffe mit Seeleuten. Da die Unkosten für den Kauf eines Schiffes ausblieben und sich auf die reinen Baukosten reduzierten, hatten die beiden so gemeinsam schon in wenigen Jahren ein beachtliches Vermögen anhäufen können. Die Handelsflotte unserer Familie bestand zu ihrer besten Zeit aus mehr als dreißig Schiffen. Wir besaßen eigene Kontore an mehreren wichtigen Häfen entlang der Mittreicher und Westreicher Küste, wo unsere Kaufleute Ware ankauften und wieder verkauften.

In den Geschäften selbst schon früh involviert, trat ich nach meinen eigenen Erfahrungen auf den Märkten und dem Seehandel zügig in die Fußstapfen meines Vaters. Mit nun zwanzig Jahren war ich dabei die Familiendynastie der Schiffshauser zu noch glanzvollerer Größe zu führen. Doch der Große

Krieg machte diese Pläne schnell zu Nichte. Es dauerte nicht lange, ehe er auch Torm überrollte. Meine Bestrebungen kamen zu einem jähen Ende. Da Torm nah an dem Feyergebirge lag, war unsere Heimatstadt eine der ersten von vielen Städten, die den Septevaren zum Opfer fiel.

Septevaren stammten von den primitiven Stämmen der haeresischen Duschungelebene. Mein Großvater hatte mir als Kind von diesen Menschen erzählt und ich lauschte auch den Erzählungen der Seebären und Matrosen. Diese Wilden sollten dabei dem Tier näher sein als einem Menschen. Die Wenigsten wussten mehr als von den Küstenstädten zu berichten. Ins Innere der großen dampfenden Urwälder in denen ihre Städte lagen, hatte sich nie jemand gewagt. Zumindest gab es Niemanden, der davon berichten konnte. Nur so weit lernte ich über sie, dass ihr Gebiet einer beinah vollständigen Isolation äußerer Einflüsse unterlag. Der Grund hierfür war das Feyergebirge. Jenes vulkanisches Ödland mit lebensbedrohlicher Landschaft und Fauna, welche sich von Torm aus erspähen ließ. Diese natürliche urbewaldete Barriere und die allgemeine Angst vor dem finsteren Wald, ließ diese Wilden in ihrer Lebensweise unbefleckt von äußeren Einwirkungen vor sich hin brüten. Es war von jeher ein Konglomerat aus verschiedenen größeren und kleineren kriegerischen Stämmen und Städten. Am ehesten konnte man Sie mit den Stämmen auf Nordreich vergleichen, nur auf einen wesentlich kleineren Maßstab gezwängt. Jeder externe Einfluss war schnell untergraben, da jeder Stamm seinen eigenen Kulturkreis hatte. Seinen eigenen Gott unter den vielen Göttern besaß und damit auch einen eigenen Wertekanon. Die Händler berichteten, dass jeder Stamm mit mindestens einem der vielen Nachbarstämme bis aufs Blut verfeindet war. Dazu kam die allgemeine Abneigung gegen uns zivilisierte Menschen. So wurden wir oft als weißhäutige Dämonen beschrien. Später sollte ich erfahren, dass es einem Mann namens Septevarius gelungen sei Einfluss auf diese Wilden zu erhalten. Wie ihm dies gelang blieb ein Rätsel, doch die schauerlichen Kreaturen, die sich nach ihm Septevaren nannten, werden daran einen nicht unerheblichen Anteil haben. Seine Kultanhänger waren Monster von unglaublicher Körperstatur, besaßen eine unmenschliche Kraft oder bedienten sich einer teuflischen Blutsmagie. Seine Kultanhänger titulierte er in seinem eigenen Größenwahn als Septevaren.

Ihr plötzliches Auftauchen jenseits des Feyergebirges kam für uns alle Unerwartet. Der Große Krieg, der ihnen folgen sollte, hatten wir auch nicht erwartet. Dennoch waren wir nicht hilflos. Aufgrund des Wohlstandes von Torm, war die Stadt sehr gut bewehrt und versorgt, sodass sie gegen die Belagerung lange durchhalten konnte. Die Haeresier besaßen keine beachtenswerten Schiffe oder maritime Fähigkeiten und waren so nicht in der Lage den Belagerungsring auf der Seeseite der Stadt zu schließen. Viele Kaufleute nahmen ihr Vermögen und flohen auf dem Seeweg nach Westreich. Doch einige Kaufleute, zu der auch meine Familie zählte, schlossen sich zusammen und organisierten die Unterstützung der Stadt, indem sie ihr Vermögen und Schiffe dafür einsetzten die Stadt zu halten. Eine vergebene Bemühung, wie ich heute weiß. Unser Kampf war hoffnungslos. Niemand kam uns zur Hilfe. Heute weiß ich, dass es Niemanden mehr gab, der uns hätte zur Hilfe kommen können. Westreich hatte sich noch nie sonderlich viel aus den politischen Geschehnissen auf Mittreich gemacht und die benachbarten Länder und Städte hatten unlängst selbst den Kampf gegen die grausigen Horden aus dem Süden aufgenommen oder waren bereits schwellende Ruinen. Torm fiel schließlich nach acht Monaten der Belagerung.

In der Führung der Belagerer hatte es einen Wechsel gegeben und der neue Kommandant hatte sich als fähiger oder zumindest aggressiver gezeigt. Die Stadtmauern fielen nach wenigen Wochen seiner Übernahme der Belagerung. Uns überraschte die plötzliche Stürmung der Stadt so sehr, dass uns nicht einmal die Flucht blieb. Wir alle hatten unlängst die Gerüchte gehört und auch gesehen was die Haeresier mit ihren Gefangenen anstellten. Sie errichteten große Feldaltäre. Um ihren Göttern zu gefallen brachten sie die Bevölkerung ganzer Städte als Blutopfer dar. Doch das blieb nach der Eroberung von

Torm zunächst aus. Nachdem der letzte bewaffnete Widerstand gebrochen war, kamen sie in unsere Häuser und scharrten alles und jeden, sei er reich oder arm, von edlem oder einfachem Blut, auf den großen Platz vor dem Rathaus zusammen. In einer grotesken Parade marschierte der Anführer dieser Schrecklichen in die Stadt ein und nahm mit einer Reihe anderer seiner Art unter dem großen Portal des Rätehauses Platz. Hier hielten diese Barbaren eine Art Auslese ab und jeder musste seine Profession und Talente aufzeigen. Alle wurden wir an diesen grausigen Herren vorbeigeführt, die unter einem der Spitzbögen der Arkaden standen oder saßen. Jene, die von keinem dieser fürchterlichen Herren als wertvoll befunden wurden, schliffen sie fort. Wir sollten sie nie wieder sehen.

Ich wurde bald von einem der Soldaten gefasst und mit einer Art Schlagstock vorangetrieben. Später sollte ich erfahren, dass er zu den Kriegern der Salveten gehörte. Salveten zählten zu den Leibwachen der Blutritter und waren damit Teil ihrer persönlichen Armee. Der Vermummte trieb mich von einem

Blutritter zum nächsten. Jedem musste ich meine Profession berichten, doch alle lehnten mich ab. Ich kam mir vor wie ein Stück Schlachtvieh und kam dem Ende des Rathauses langsam näher und näher. Jeder dieser unmenschlich groß gewachsenen Männer in ihren grässlichen, noch mit dem Blut und zerfetzten Überresten ihrer Gegner behangenen Rüstungen, wiesen mich ab. Die meisten hatten nur Augen für kräftige Burschen für ihre Armee oder die jungen Mädchen. Mir schwante welches Schicksal mich erwarten würde, wenn keiner dieser Männer mein Leben haben wollte. Ich hatte bei den wenigen Besuchen der Stadtmauer gesehen was die Haeresier mit ihren Gefangenen anstellten. Vor dem Germer Stadttor im Osten hatten Sie einen dieser Feldaltäre gesetzt. Er war auf einem aufgeschütteten Hügel errichtet worden und Tag und Nacht beleuchtet. Dort opferten sie auf einem großen quadratischen Steinalter ihren Göttern. Eine der Wachen erzählte mir damals, dass jedem Gott dabei scheinbar anders geopfert wurde. So starben gefangene Kundschafter, Kriegsgefangene oder Aufständische in ihren Sklavenheeren auf die unterschiedlichsten, jedoch nicht minder grausamen Arten. Er sah wie Menschen die Haut abgezogen wurde und von den Priestern getragen wurde. Wie sie ihnen bei lebendigen Leibe das Herz und andere Organe herausgerissen wurde oder wie sie lebendig verbrannt und kurz vor dem Tod wieder aus dem Feuer gerissen wurden, nur um ihnen dann noch das Herz heraus zu schneiden. Die Erinnerung an diesen Bericht rief sich mir mit all seinen kristallklaren Details in meinen Kopf zurück. Mit jedem weiteren Schritt, mit jedem weiterem lapidarem Abwinken wurde in meinem Verstand der Gedanke immer präsenter einen grausamen Tod sterben zu müssen. Doch ich sollte erst später erfahren, dass diese durchlebte Todesangst vergleichsweise harmlos sein sollte, zu den namenlosen Schrecken, den ich während meiner folgenden Gefangenschaft erleben sollte.

Tatsächlich konnte ich meinen Verstand wieder klären und meinen Wert für diese Monster unter Beweis stellen. Ich erklärte neben meiner kaufmännischen Tätigkeit nun auch Schiffsbauer zu sein. Das erregte zwar etwas mehr Interesse, doch wieder wurde ich abgewiesen. Erst ihr Anführer selbst schien anderer Meinung. Von all den grauenvollen Kreaturen brannte er sich mir am meisten in mein Gedächtnis. Sei es dem Umstand geschuldet, dass er mich für würdig zu Leben erachtete oder der Tatsache, dass er eine mit goldenen Dornenranken befestigte Maske aus menschlicher Gesichtshaut trug. Ich verstand seine Sprache nicht, doch offensichtlich befand er mich wohl für brauchbar, denn ich wurde in den ausgeräumten Gewölbekeller des Rätehauses geführt und dort angekettet.

Hier wurden wir bei absoluter Dunkelheit wie Verbrecher über mehrere Tage gehalten. Einmal am Tag kamen unsere Wachen und verteilten im Schein einer einzigen Öllampe Wasser und etwas zu Essen. Auch sollten sie später die Menschen mitnehmen, die diese lebensverachtende Gefangenschaft nicht überlebten. Ich war vergleichsweise bequem untergebracht und war mit einer Kette am Fuß mit mehreren anderen Gefangenen fixiert. Die Kette führte einmal um die Säulen herum, die das Kreuzgewölbe

über uns trug. Während die vielen Männer hier unten meistens schliefen oder einfach nur schweigend
ihres Schicksals harrten, war ich mit meinen Ne-
benmännern ins Gespräch gekommen. Einer war
Schmied und zuletzt für Reparaturen zum Germer
Stadttor gerufen worden. Er erlebte den Durchbruch
der Septevaren hautnah mit und hatte nur durch
Glück überlebt. Bei dem seltenen Licht hatte ich ihn
als kräftigen, älteren Herrn kennen gelernt. Er schien
mir mit allen Wassern gewaschen, doch als er mir
voller Entsetzen von dem finalen Angriff berichtete,
da spürte ich durch die klamme Dunkelheit seine
Furcht unter meine Haut kriechen. Mir war als würde ich seine vor blankem Entsetzen geweiteten Augen in der Finsternis sehen können. Er berichtete mir
mit flüsternder und bebender Stimme

«Wie Ihr sicherlich wisst, mein Herr, sind die
Stadtmauern gute neun Fuß dick. Und gerade das
Germer Stadttor mit seinem selbst fast fußdicken Tor
galt immer schon als undurchdringlich. Doch mit
diesem neuen Anführer kam ein noch schlimmeres
Gezücht dieser monströsen Blutritter. Ich hörte noch,

dass es Ritter des Stro sein sollten. Auf jeden Fall rannten sie in geringer Zahl auf das Germer Tor zu. Ich hörte die Wachen spötteln was die paar Ritter ausrichten wollten. Als sie nach ersten Treffern der Mauerschützen jedoch nicht stoppten, brach Hektik aus. Ich sah es selbst! Wie ein Igel waren sie von unseren Schützen mit Pfeilen und Bolzen gespickt worden, doch diese rasenden Irren rannten unbeirrt gegen das Torhaus an. Zu aller Entsetzen schlugen sie mit blanken Fäusten auf das Tor ein. Selbst das über sie ausgeschüttete, siedende Wasser steigerte ihre Raserei nur noch mehr. Innerhalb weniger Minuten sollte ihnen dann das Undenkbare gelingen. Die massiven Balken splitterten und brachen. Die Soldaten stürmten noch mit Schwert und Speer gegen sie. Doch nachdem der erste Balken herausbrach, pressten sie sich mit aller Gewalt durch diese Bresche hinein und hindurch. Sie fielen tobend und schnaubend und purzelten übereinander als das Tor endgültig brach. Wie die Besessenen rannten sie auf unsere Soldaten und droschen wie mit Hammerschlägen auf die Männer ein. Sie rissen sie in Stücke oder schlugen sie zu Brei, im wahrsten Sinne. Wie soll so etwas ein einfacher Mann besiegen? Ich konnte nicht anders als davonlaufen und ich bin nicht feige. Doch das! Wie soll so etwas ein einfacher Mann besiegen?»

«Immerhin seid Ihr noch am Leben», versuchte ich ihn zu beruhigen.

«Doch zu welchem Preis?» schnaubte er wütend und doch hoffnungslos «Um nun hier unten, vergessen von aller Welt elendig zu verfaulen!»

Ich hatte keine Antwort darauf, denn ich fühlte, dass er mit dieser Aussage recht hatte. Die folgende Zeit meiner Gefangenschaft kann ich selbst heute nach meiner Befreiung nicht bemessen. In der Dunkelheit verlor ich jedes Gefühl für Zeit. Selbst wenn mein Leben davon abhinge, ich könnte nicht sagen, ob es Tage, Wochen oder Monate waren. Irgendwann jedoch wurden anfangs zuerst Einzelne, später immer mehr aus dem Keller herausgeführt. Ihr Schicksal blieb uns unbekannt. Wurden sie für die Zwangsarbeit abgeholt? Mussten sie für unsere neuen Herren in den Krieg ziehen? Oder opferten sie uns nun doch ihren Göttern?

Dann war auch ich an der Reihe. Einer der Salveten beleuchtete wie so oft alle unsere Gesichter und ein anderer, der im Schatten des Lichtscheins verblieb deutete schließlich auf mich. Ich wurde von der Kette genommen und bekam die Füße eng zusammengeschnürt, sodass ich gehen aber nicht rennen konnte. Schwach von der schlechten Ernährung und dem langen Verharren auf dieser feuchten Erde, konnte ich nur unter Mühe meinen Wächtern folgen. Wir gingen die Treppe hinauf in die untere Rathaushalle. Auch wenn hier vergleichsweise wenige Fenster Licht in den mit hellem Kalkstein verkleideten Raum warfen, so war ich doch minutenlang geblendet von der grellen Helligkeit. Ich hörte prasselnden Regen, das erste Mal seit langer Zeit. Ich wurde unter den Arkaden auf die Knie gezwungen. Sie legten mir einen starken Stock ins Kreuz, um den meine Ellbogen gelegt wurden. Meine Hände wurden vor dem Bauch zusammen gebunden und schließlich mit dem Hals an einen starken Holzbalken, der auf meine Schulter abgelegt wurde. So hatten sie eine ganze Gruppe Gefangener aneinander gebunden und führten uns bald durch die Straßen der Stadt.

Mich packte grauenvolle Fassungslosigkeit, als ich unsere einstmals schöne Stadt so heruntergekommen erblickte. Die meisten Häuser waren verbrannt oder eingestürzt. Ich konnte jedoch nicht ergründen wer die Feuer legte. Entweder waren es Brandstifter aus Torm, um den Septevaren Schaden zuzufügen oder die Feuer entstanden bei den ausufernden Plünderungen. Ich erblickte neben den Ruinen auch grauenerregende Totems aus menschlichen Resten zusammengebaut. Bei diesem Anblick dachte ich nur noch an das Ende der Welt und auch an das Ende meines eigenen Lebens. Die Last des Holzbalkens zog meinen ausgemergelten Körper herunter in die Knie. Der Anblick der Stadt tat selbiges mit meinem Geist.

Wir wurden in ein Speicherhaus meiner Familie am Hafen gebracht. Es war das größte unserer insgesamt fünf Speicherhäuser und sogar das größte in ganz Torm. Die Gebäude im Hafen waren von den

Flammen unberührt geblieben. Vermutlich diente die zum Hafen hin gelegene Stadtmauer als Brandschutzwand. Das aus gebrannten Ziegeln errichtete Gebäude wurde von meiner Familie jeher als Speicherhaus für Tuch aus Übersee, edlen Hölzern und allerlei andere Waren von höherem Wert genutzt. Es war zu diesem Zweck recht massiv und sicher gebaut worden. Das freistehende Gebäude besaß vier Stockwerke und weitere drei Stockwerke, die sich mit dem spitz zulaufenden Satteldach mit Treppengiebel verjüngten. Auf dem geziegelten Dach befanden sich weitere dutzende Dachgauben in Reihe, die die Böden in der Höhe mit Licht versorgten, um noch die kleinste Fläche Lagerraum nutzen zu können. Die unteren beiden Stockwerke waren bewehrt und verfügten über viele, aber sehr schmale Fenster, die als Schießscharten genutzt werden konnten. Die Haeresier hatten diese Eigenschaften des Gebäudes erkannt und als Gefängnis umfunktioniert.

Unsere Gruppe wurde in das sandsteingefasste Hauptportal gedrängt. Nachdem die schwere kupferbeschlagene Portaltür im Eingangsbereich hinter uns verschlossen war, wurden wir auch von dem Holzbalken befreit, den wir zu tragen hatten. Unsere Fesseln an Händen und Füßen behielten wir jedoch. Nach einem raschen Blick durch das untere Stockwerk fiel mir sofort auf, dass die großen Tore mit zusätzlichen Brettern und Balken verriegelt und vernagelt wurden. Als Kind hatte ich meinen Vater oft bei seinen Inspektionen bei neu eingetroffenen Waren begleitet. Da solch eine Warenschau zuweilen langwierig und ermüdend sein konnte, erkundigte ich häufig das Gebäude auf eigene Faust. Ich kannte somit jeden Winkel und jede Nische in dem Gebäude wie meine eigene Hand. Mein erster Gedanke war daher an Flucht, doch sagte mir mein Verstand sogleich nichts zu übereilen.

In dem unteren Stockwerk befanden sich auch ein eigener Verwaltungsbereich mit drei Räumen und einer mit massiven Steinblöcken errichtete Kammer für die Löhne der Arbeiter und der Geldschrank der Wechselstube. Aus der Portaltür zu den Verwaltungsräumen trat ein Mann mit gebräunter Haut. Er trug einen dunklen Schurz mit grau abgesetzten, geometrischen Mustern. Den Oberkörper verdeckte er mit einem kurzhaarigen, schwarzglänzenden Fell. Über den Schultern trug er ein beinah zwei handbreites Geschmeide aus dicht aufeinander gereihten Perlen jeder Form aus Knochen und Elfenbein. In der Mitte der Ketten war ein menschlicher Schädel aus Metall eingewoben. Wie ich später lernte, war dies das Zeichen eines Dieners, dessen Herr dem Kult der Septevaren angehörte. Auf dem wohl kahlen Kopf saß eine eng und glatt anliegende Haube aus Stoff. Er musterte uns alle mit seinen dunklen Augen, die mit ihren schwarz bemalten Augenhöhlen noch finsterer wirkten.

Während er uns mit strenger Miene musterte, trat ein haeresischer Diener in wesentlich schlichterer Kleidung neben ihn und reichte ihm ein Schriftstück. Am meisten aber verwunderte mich der Mann, der nach dem Diener unter dem Portal hervortrat. Er blieb mit bescheidener Haltung im Hintergrund stehen und sah nur mit sanfter Miene vor sich hin. Er wirkte wie ein Priester oder Mönch. Sein Äußeres ließ unschwer erkennen, dass er nicht aus Haeresien selbst stammte, sondern mehr zu unserem Volk gehören musste. Er trug Kleidung der östlichen Gegend von diesem Landstrich und wirkte in seinem Stil dezent aber auch edel. Sein langes ergrautes Haar war lose auf den Rücken gebunden.

Meine Aufmerksamkeit wurde wieder von dem Haeresier mit dem Fell vereinnahmt als er uns ansprach. Mir fiel es schwer diesem Kauderwelsch zu folgen, das er auf uns ein brüllte. Einige Wortfetzen waren immer wieder in der mir geläufigen Sprachen zu verstehen. Alles in allem wurden wir hierher gebracht um nun für unsere neuen Herren zu arbeiten. Der Haeresier mit dem Fell war unser Vorsteher. Er schritt unsere Reihe ab, um sich uns jämmerliche und nachtblassen Gestalten anzusehen. Ihn begleitete der Mann, der zuletzt unter dem Portal hervorgetreten war. Er hatte kurzweilig an der Wand gelehnt und sich nun von ihr gelöst. Er schritt etwas hinter dem Aufseher. Wieder lag sein bedächtiger Blick vor sich gerichtet, als würde er gerade einen Spaziergang machen und über den Tag nachdenken. Ein

Bursche neben mir spuckte ihm plötzlich ins Gesicht als er auf seiner Höhe war.

«Verräter», beschimpfte er ihn wüst, worauf sofort zwei Wachen kamen und ihn unter Hieben mit ihren Stöcken von der Gruppe trennten. Weitere Wachen kamen und drängten uns andere mit schlagbereiten und erhobenen Stöcken zurück. Ich bemerkte, wie der zusammengefahrene Vorsteher den angespuckten Mann mit einer seltsamen Furcht ansah. Doch der wischte sich nur das Gesicht mit dem Ärmel und trat zu dem Vorsteher, als würde er das Abschreiten von uns Gefangenen nur fortsetzen wollen. Ich sollte diese seltsame Angst des Vorstehers vor dem Grauhaarigen schon sehr bald verstehen.

Nach der Inspektion wurden wir in eines der oberen Stockwerke gebracht und von unseren Fesseln befreit. Allein eine Kette behielt jeder am Fuß, die an dem massiven Strebwerk des Gebäudes festgemacht wurde. Somit bewahrten wir etwas Bewegungsfreiheit. Die Speicher waren vollständig leer geräumt worden und zu Behelfsbarraken umfunktioniert. Wir waren alle erschöpft von dem ungewohnt anstrengenden Marsch und wurden von unseren Mitgefangenen den Umständen entsprechend gut aufgenommen. Doch auch ihnen sah man die widrige Versorgung und rücksichtslose Behandlung an. Von unseren Mithäftlingen erfuhren wir, dass wir als Arbeitergruppen zum Einsatz in der Stadt kommen sollten. Der Schutt und die Ruinen sollten beseitigt werden. Ansonsten würden wir für alle anderen niederen Arbeiten unserer neuen Herren herangezogen. Die Auslese nach der Eroberung war unlängst obsolet geworden.

Ein mit uns inhaftierter Leibdiener eines mir unbekannten Markgrafen berichtete von dem nur heimlich geflüsterten Gerüchten, dass die Septevaren den Zweiten Mittreicher Kongress angegriffen und viele der Regenten und damit die Königshäuser gestürzt hätten. Die so enthaupteten und in Unruhe geworfenen Reiche hatten diesem feigen aber gut durchdachten Angriff nichts entgegen zu bringen. Die Reiche waren danach mit sich und ihrer Thronfolge beschäftigt. Diesen unmenschlichen Blutrittern war sowieso nicht beizukommen. Ein Schreiber beteuerte, dass er während der Eroberung den Heiler im Lazarett gesehen haben will, wie der in seiner Not und Verzweiflung verschiedene der verbotenen Malefici einsetzte. Er warf Feuer und Blitz auf diese Monster, säte Stürme und entließ andere grauenvolle Schadzauber auf die Blutritter. Doch diese seien blutüberströmt einfach weiter marschiert, obschon dieses Hexenwerk kein Mensch hätte überleben können. Sie traten vor den Magier und packten ihn jeder an einem Arm oder Bein und rissen ihn auseinander. Danach droschen sie mit den ausgerissenen Gliedmaßen auf den Sterbenden ein.

Ich legte mich bald auf dem blanken Holzboden nieder und musste rasch von meiner Erschöpfung eingeschlafen sein. So wurde ich erst bei einer Essensausgabe wohl gegen Mittag wieder wach. In einem kleinen Napf erhielt ich eine Kelle gekochten, faden Hirsebrei. Dieses nicht anders als kärglich zu bezeichnende Mahl kam mir jedoch wie ein Festessen vor. Es war eine gelittene Ewigkeit her, da ich etwas Warmes zum Essen erhielt und meine Zähne etwas kauen konnten. Im Rathauskeller bekamen wir stets eine oft schon kalte und sehr dünne Haferschleimsuppe. So wieder etwas gestärkt konnte ich den Gesprächen der anderen wieder lauschen. Als unsere Wächter wieder fort waren, stritten einige weiter darüber, ob es wirklich Haeresier waren oder ob es nicht doch wieder die Südreicher waren, die diesen Krieg angezettelt hatten. Den Wilden aus Haeresien wäre ein solches Kalkül nicht zu zutrauen. Das war der einzige Punkt in dem sie sich einig waren. Ich fragte in meiner Unwissenheit nach dem grauhaarigen Mann, den der Gefängnisvorsteher zu fürchten schien. Augenblicklich wurde es still in dem großen Raum. Einige sahen nur entsetzt vor sich auf den Boden, während der Rest schmerzlich berührt überlegte meine Frage zu beantworten, aber sich nicht getraute. Ein älterer Mann mit weißem Bart und müden Augen antwortete mir schließlich

«Viel weiß man nicht über ihn. Doch sein Name ist Sebastian Abelinger. Angeblich ist er ein Alchemist und Hexer. Woher er kommt, das weiß keiner so genau. Der Grund warum diese Monster ihn fürchten ist der gleiche warum wir ihn auch fürchten.» Mehr sagte der Alte nicht. Ich sah andere, die ihm stumm nickend beipflichten «Ein Rat der Warnung», sprach er nun mit ernster Stimme fort «Tut niemals etwas, das ihn wirklich verärgern könnte. Er mag von ruhigem Äußeren sein und besitzt eine Engelsgeduld. Doch einmal in Rage gebracht», er schwieg wieder. Sein Gesicht zeigte, dass er sich an ein schmerzliches Erlebnis erinnern musste. Unweigerlich mussten wir Neuen alle zu dem Burschen blicken, der den Hexer Abelinger zuvor angespuckt hatte. Ihm war nun selbst die Sorge über seine unbedachte Tat ins Gesicht geschrieben. Eine Vergeltung sollte jedoch vorerst ausbleiben.

Nach dem Mittag wurden wir erneut zusammengebunden und aus dem Hafen hinausgeführt. Wir wurden vor einen Ruinenkomplex geführt, der einstmals der Große Markt darstellte. Jener zentrale, riesige Gebäudekomplex, in dem alle Waren vor ihrem Weitertransport zum Kauf und Verkauf angeboten wurden. Ihm vorgelagert lag ein großer wohl an die dreihundert Fuß langer und hundertfünfzig

Fuß breiter, offener Platz mit ovalem Grundriss. Auf ihm befanden sich früher hunderte kleiner Stände. Um ihn herum die großen und um ihre Pracht und Größe buhlenden Gebäude und Hallen der wohlhabenden Kaufleute. Ich suchte fieberhaft einen Anhaltspunkt an diesen zusammengestürzten Brandruinen zu erkennen, um das Kontor und die dahinter liegende Halle meiner Familie zu entdecken. Als ich es identifizierte, blickte ich auf eine schwarzverkohlte Bresche in der zusammengebrochenen Hausfront. Ich konnte kaum um den Verlust dieses prächtigen Baus trauern, da wurden wir in eben jene Bresche hineingetrieben und wurden angewiesen, Schutt und Trümmer heraus zu tragen. Draußen wurden auf Karren, die von anderen Gefangenen gezogen wurden, die Trümmer abtransportiert. Ich untersuchte bei unserer anstrengenden Arbeit die Ruine. Das Gebäude musste mit den wenigen noch darin befindlichen Waren angezündet worden sein. In der Häuserreihe war es das einzige Gebäude das ausbrannte, da es zum Schutz übergreifender Brände dicke Mauern besaß. So waren die meisten dieser

Hallen errichtet. Das musste der oder die Brandstifter nicht berücksichtigt haben. Einer der anderen Gefangenen berichtete mir bei einem gemeinsam zu tragenden Balken, dass es schon kurz nach der Besetzung immer wieder Brände in der gesamten Stadt ausbrachen. Einige wenige Widerständler hatten sich vor den Besatzern verstecken können und hatten wohl aus der Kanalisation heraus ihre Angriffe geplant. Die Septevaren hatten für einige Wochen die Paläste und Häuser der Kaufleute bewohnt. Eben diese fielen ihnen als erstes zum Opfer. Man jagte die Widerständler schließlich und jeden einzelnen von ihnen haben sie zu Tode geröstet, jedoch nicht verbrannt. Wir legten den Balken auf den Karren, der auf dem Platz wartete. Mein Helfer deutete mit dem Kopf zur Platzmitte hin. Ich blickte zuerst auf den verwüsteten und halbwegs frei geräumten Platz. Ich konnte nicht erkennen was er mir zeigen wollte und sah wieder zu ihm. Sein Blick war dabei etwas in die Höhe gerichtet und ich folgte ihm. Etwas über meinem Blickfeld baumelte ein an mehreren Stangen aufgehängter, halb verbrannter Leichnam. Das schmerzverzerrte Entsetzen des erstarrten Gesichts sah mich dabei für den Augenblick meiner Entdeckung direkt an und ich schrak zurück.

Ich hatte jedoch kaum Gelegenheit dieses entsetzliche Bild auf mich wirken zu lassen. Über uns knallte die Peitsche unseres Aufsehers und so eilten wir uns rasch wieder zurück in die Ruine. Ich blickte dabei mehrmals zurück zu dem Toten und erschauerte jedes Mal aufs Neue. Ich versuchte den Blick nicht mehr dort hin zu richten, doch irgendwie schaffte ich es nicht davon los zu kommen.

Bevor es gänzlich dunkel geworden war, kehrten wir in unser Gefängnis im Hafenspeicher zurück. Bei einer Zählung am Haupteingang brach plötzlich Hektik aus, da scheinbar einer fehlte. Nach mehrmaligem Durchzählen wurden wir schließlich oben angekettet und warteten was passieren würde. Die Gefangenen, die schon länger hier waren murmelten miteinander. Ich konnte nur Gesprächsfetzen aus diesem wirren Stimmen aufgreifen. Sie flehten einander an, dies nicht schon wieder erleben zu müssen, während die anderen ihnen Trost zusprachen oder selbst nur verstört da saßen und vor sich hin summten oder stumm wippten. Mit diesem verstörenden Bild suchte ich etwas Schlaf zu finden, da mein schwacher Körper durch die harte Arbeit stark ermattet war.

Wir wurden im frühen Morgengrauen durch unsere Wächter unsanft geweckt. Sie zogen schleifend einen massiv errichteten Stuhl aus schweren Holzbalken aus der Dunkelheit hervor. Ein Schrecken durchfuhr uns kaum wache Gefangenen. Einige krochen fort von dem Stuhl und dabei übereinander und untereinander. Bis ihre Ketten sie nicht weiter fortkommen ließen. Erstarrt wie vor einem plötzlich erschienen Raubtiere kauerten sie nun da und starrten mit weit aufgerissenen Augen in das graublaue Licht des Morgengrauens. Ich war diesem Verhalten ein Stück weit gefolgt, auch wenn ich noch nicht verstand was es zu bedeuten hatte. Die Wächter standen mit ihren Schlagstöcken bereit, während unser Aufseher, der Mann mit dem schwarzen Fell, wütend auf uns nieder brüllte. Sie schienen den Geflohenen gefasst zu haben und nun an ihm ein

Exempel zu statuieren. Vier kräftige Männer brauchte es den erneut gefangenen Mann auf den Stuhl zu
bringen und mit Schiffstauen darauf zu fixieren. Ich
kannte den Mann nicht und er war auch keiner, der
mit unserer Gruppe gestern ankam. Der Mann schrie
und tobte dabei, sogar Schaum quoll ihm aus dem
Mund. Es war entsetzlich anzusehen, wie er in niedersten Instinkten sich gegen die bevorstehende
Tortur wehrte. Nach Minuten des Ringens hatten sie
ihn an Händen, Füßen, Armen und Beinen, sowie
am ganzen Oberkörper fixiert. Ich war einerseits
entsetzt, andererseits verwundert über diese massive
Fesselung. Es war plötzlich absolut still geworden in
dem Raum, sodass ich Schritte hörte. Ruhige und
bedächtige Schritte traten durch die mit kurzem
Knarzen und Quietschen geöffnete Tür. Der Hexer
Abelinger trat langsam ein. Er blieb nach wenigen
Schritten stehen und musterte alle im Raum; die
Wächter, Gefangene und den Aufseher. Schließlich
trat er zu dem Gefesselten und sah auch ihn lange
an. In seinem Gesicht lag etwas Emotionsloses oder
war es Mitleid? Für einen Moment wirkte er nur

verschlafen vom frühen Wecken. Er beugte sich zu dem Gefesselten herab und sah ihm tief in die Augen. Er legte Lederhandschuhe an. Danach griff er in die Innentasche seines Mantels und holte etwas Schwarzes hervor. Er faltete es gemächlich auseinander, während der Gefesselte sich erneut versuchte in seiner Fixierung zu wehren. Nachdem er es in seinen Händen ausgebreitet hatte, raffte er etwas aus Stoff in seinen Händen auf. Er trat erneut an den Gefesselten und stülpte ihm eine Kapuze aus dickem, schwarzem Stoff über den Kopf. Der Mann kämpfte und wandte seinen Kopf von links nach rechts und konnte sich doch nicht ernsthaft gegen die Prozedur widersetzen. Der Hexer zog den schwarzen Beutel mittels zweier Schnüre am unteren Ende leicht zusammen und machte eine Schleife. Danach erst wurde der Kopf des Mannes am Stuhl mit einem Lederriemen ebenfalls fixiert, der über das ganze Gesicht reichte. Eine kleine Aussparung für die Nase war dabei in das Leder geschnitten. Obwohl ich nicht allzu nah an ihm saß konnte ich sein schweres Atmen hören und sehen. Der Hexer trat um den Stuhl herum und blieb neben ihm stehen. Er stand uns zugewandt, eine Hand lag dabei auf dem rechten Knauf der Stuhllehne und er sah in unsere Gesichter. Er wirkte dabei kühl und durch sein Starren in die Endlosigkeit geistesabwesend. Mein Blick wurde augenblicklich fort vom Hexer zu dem gefesselten Mann gezogen. Er begann so unerwartet plötzlich zu schreien, als würde man ihn mit glühenden Eisen traktieren. Er zuckte und sein ganzer Körper stemmte sich in die dicken Taue und Gurte. Seine Hände verkrampften, die eine umklammerte die Armlehne des Stuhls, die andere krallte sich zur Faust geballt zusammen. Er warf den Kopf hin und her und schließlich mit einer solchen Kraft in die knarzenden Lederriemen, dass ich meinte seine Gesichtszüge in dem dicken Leder erkennen zu können. Jeder Muskel in seinem Körper schien zum zerreißen gespannt. Über alledem lag sein entsetzliches, durch den starken Lederriemen abgedämpftes Schreien. Der vorher schwach wirkende Mann hatte unvorstellbare Kräfte entwickelt. Der ganze Stuhl und die Lederriemen ächzten protestierend unter der entfesselten Gewalt. Dann, völlig abrupt erstarb das Schreien zu einem immer heiser werdenden Krächzen. Ich beobachtete diesen Tobsüchtigen mit absolutem Entsetzen. Welcher Wahnsinn ließ ihn zu solchen Reaktionen fähig sein? War dies eine Hinrichtung? Wenn dem so war, wie wurden ihm solche Schmerzen und Leid zugefügt, dass er sich sogar einmachte.

Ich weiß nicht wie lange er dieser Folter ausgesetzt war, doch irgendwann sank der Körper in sich zusammen und blieb leicht vorneüber gebeugt. Die zuvor stramm angelegten Taue waren von der gewaltigen Kraft gedehnt und gestreckt worden. Der Hexer ließ den Lederriemen um das Haupt lösen und zog auch die Kapuze dem Delinquenten vom Kopf. Mir lief ein eiskalter Schauer über den Rücken und mein Magen verkrampfte. Das Gesicht des jungen Mannes war um Jahre gealtert. Sein Kopf fiel wie tot vorneüber, sodass ich nur kurz die aus den Höhlen fast ausgetretenen Augen sah. Ein Aufschrei ging unter den Gefangen um. Ich verstand für den Moment nicht was los war. Eiskalte Angst flutete meine Adern, als der Gefesselte sich selbsttätig wieder bewegte. Mit blankem Entsetzen beobachtete ich, wie die Wärter den Mann befreiten und er wie ein zu Tode geschwächter Schiffbrüchiger an den rettenden Strand von dem hölzernen Ungetüm fortkroch. Selbst die Haeresier hatten diesem grauenvollen Schauspiel mit Angst und blankem Grauen beigewohnt. Ihre sonnengebräunten Gesichter waren immer noch totenblass. Langsam dämmerte mir auch die Reaktion des Aufsehers am gestrigen Morgen, als der Hexer angespuckt wurde. Er fürchtete das Opfer desselben grauenvollen Schicksals zu werden, dessen wir soeben Zeuge geworden waren. Der Stuhl wurde schließlich wieder fortgezerrt und wir blieben alleine mit den in unsere Seelen eingebrannten Impressionen dieser schauerlichen Bestrafung zurück.

Etwas später erhielten wir unser Frühstück, was auch gut war. Hätte ich bei dem Erlebten zuvor gegessen, hätte ich mich wohl übergeben. Dennoch vermochte ich auch nach diesem Erlebnis keinen Bissen herunter zu bekommen. Ein Mann neben mir

riet mir zu essen, da vor uns wieder ein Tag harter
Arbeit läge. Er stellte sich mir als Manuel de Playa
vor und wir unterhielten uns den gesamten Tag über
die verschiedensten Dinge. Dies gab mir die Möglichkeit diesen Wahnsinn an diesem schrecklichen
Morgen zu vergessen und lenkte mich von der harten Arbeit ab. Er war ebenso ein Kaufmann gewesen.
Er lebte und arbeitete aber ursprünglich in Haeresien selbst. Er wirkte in der Stadt Atli, auf einem
Warenumschlagsplatz an den Seen von Atl, kurz vor
der großen Stadt Monopathi. Herr de Playa verdingte sich dort als Mittler zwischen den haeresischen
und fremden Händlern und Kaufleuten. Vor wenigen Jahren aber habe es einen Umsturz in Haeresien
gegeben. Die meisten Stämme und insbesondere die
Königsstädte wurden unter dem Einfluss eines
Mannes namens Septevarius vereint. Sie betrachten
ihn als eine Art Vorboten ihrer Götter und verehren
und gehorchen ihm bedingungslos. Herr de Playa
war schon vor Monaten in die Gefangenschaft der
Haeresier geraten und irgendwann hier her gebracht
worden. Er berichtete mir, dass unsere neuen Herren

ihre Zwangsrekruten und Diener vernachlässigen und der Bedarf an frischen Arbeitskräften enorm hoch ist. Er wusste zu berichten, dass dies nicht allein aus Willkür geschah. Die Haeresier haben eine ausgeprägte Opferkultur. Die Menschenopfer für den Regengott Waquaca, dem Fruchtbarkeitsgott Auotli und dem Gott der Nahrung und Ackerbaus Necamescout lassen sie verhungern und verdursten. In ihrer Vorstellung sollten die Götter dafür gute Ernten, fruchtbare Böden und Vieh bescheren. Mir wurde klar, dass ich unvorstellbares Glück gehabt hatte, überhaupt noch am Leben zu sein, da ich überhaupt noch etwas Nahrung erhalten hatte. Die Stadt Torm selbst, so berichtete er mir weiter werde von den Haeresiern zu einem Heiligen Bezirk umgebaut. Sie lassen langfristig alle Gebäude innerhalb der Stadtmauern abtragen und ihre Altarpyramiden für Atl, den Gott des Meeres und der See errichten. Hierzu holten sie alle möglichen Gefangenen aus dem Umland heran.

Ich traute mich erst am Ende des Tages meinen neuen Freund nach dieser fehlgeschlagenen Hinrichtung am Morgen zu fragen. Er musterte mich daraufhin eigentümlich. Zu meiner Bestürzung berichtete er, dass dies keine Hinrichtung werden sollte, sondern nur eine Bestrafung gewesen sei. Nach einem heiligen Gesetz durfte bei den Haeresiern ausschließlich die Septevaren oder Priester töten. Jeder andere würde den Göttern ein Opfer streitig machen und kein Sterblicher steht über den Göttern. Dieser Abelinger war irgendwie unter ihre Fuchtel geraten und hat wahrscheinlich einen Pakt mit seinen neuen Herren geschlossen. Sei der freiwillig, auf Zwang oder auf gegenseitiger Furcht entstanden, das wüsste niemand so genau. In jedem Fall ist es die schwarze Kapuze, die er den Menschen über den Kopf stülpt, die sie in nackte Angst werfe. Niemand weiß genau was mit einem unter der Kapuze geschieht. Keines seiner Opfer hat sich je getraut es zu berichten. Anfangs wurden keine Lederriemen vor dem Gesicht verwendet, doch das führte oft dazu, dass die Augen der Delinquenten aus ihren Höhlen fielen. Auch schlugen sie sich selbst tot, indem sie mit dem Kopf gegen die Stuhllehne hämmerten. Ob dies Absicht war oder nur ein Reflex, das könne er auch nicht sagen. Sie versuchen einem unbegreiflichen und namenlosen Grauen zu entgehen. Viele verlieren während, manche erst nach der Tortur den Verstand. Seit sie die Lederriemen nutzen ist es etwas besser geworden. Mit einer ernüchterten Selbstverständlichkeit erklärte er mir, dass es ihn nicht wundern würde, wenn der Kerl von heute früh den Tag nicht überleben würde. Er hat oft genug erlebt, wie sich ein so Gepeinigter innerhalb kürzester Zeit selbst das Leben nahm oder unfähig zum Essen und Trinken, innerhalb weniger Tage in albtraumhaften Dämmerzuständen verstarb. Dabei war es egal, ob man von willensstarker Natur sei oder nicht.

Auf meine Frage was es denn genau mit dieser teuflischen Kapuze auf sich hatte, schüttelte er bloß den Kopf. Niemand, der die Kapuze getragen hatte, könne danach noch ein vernünftiges Wort hervorbringen. Auf die Kapuze angesprochen litten ihre Opfer neue Todesqualen oder entzögen sich diesen Fragen, indem sie sich oftmals selbst töteten. Das seltsame daran sei, dass sie sich dabei fast immer den Schädel an Boden oder Wänden zerschmetterten. Manche erwürgten sich mit ihren eigenen Ketten. Einer habe sich sogar vor den Augen seiner Mitgefangenen die Zunge abgebissen und gegessen, nur um nicht zu antworten. Es nutzte auch nichts sie nach dieser Tortur in Ruhe zu lassen. Jeder wurde über kurz oder lang wahnsinnig und starb einen gewaltsamen Tod. Nachts sei es besonders schlimm. Sie leiden an Verfolgungswahn. Sie schreien immerzu, dass etwas sie verfolge. Daraufhin schlafen sie kaum mehr und ihr Körper verweigert ihnen schließlich den Dienst.

Wie sich am Abend herausstellen sollte, war es tatsächlich so wie Herr de Playa berichtet hatte. Ich sah den Bestraften vom Morgen nicht. Einige der früher zurückgekehrten Gefangenen berichteten, dass sie seine Leiche fortbringen mussten. Er hatte seinen Kopf solange gegen die Steinmauer geschlagen, bis sein Schädel irgendwann nachgab. Er ließ sich nicht aufhalten. Trotz seines geschwächten Zustands und offenem Schädel hatte er einfach weiter gemacht. Ich sah den blutigen Fleck an der Wand.

Reste von seinem dunklen Haar und einige graue Stücke seines Gehirns klebten auch noch dort. Atemloser Ekel überkam mich.

Diese höllengleiche Situation hatte mich tatsächlich in den ersten Wochen zutiefst verstört. Zu keinem Augenblick traute ich mich an eine Flucht zu denken. Doch mit der Zeit stumpfte ich ab für diese Empfindungen. Ich war natürlich immer noch entsetzt und bestürzt, wenn wieder einer der Unseren diese abscheuliche Kapuze aufgesetzt bekam. Wie sie danach wie der bleiche Tod selbst wieder unter dem Stoff hervorkamen und mit blutunterlaufenen Augen und zersprungenen Zähnen für wenige Stunden oder Tage noch lebten. Jedes Mal töteten sie sich selbst oder darben zu Tode, da sie Nahrung und Schlaf verweigerten. So nervenzerreißend dieser Anblick jedes Mal für mich war, so beruhigte ich mich immer schneller wieder von dem Erlebten. Es wurde beinah zu einem Teil meines Alltags.

Die Altarpyramide wuchs schon in wenigen Monaten in die Höhe und die Zeit der Menschenopfer begann. Ich hörte davon, dass die Haeresier begannen eine Invasion auf dem Inselreich Angael im Norden vorzubereiten, da es das belagerte Arkalon unterstützte. Damit wurde die schon bald ein halbes Jahr andauernde Belagerung immer weiter verlängerte.

Ich hatte zu diesem Anlass meine Fähigkeiten als Schiffsbauer schließlich nutzen können und mich für die Septevaren als wertvoller und nützlicher Diener darstellen können. Dies geschah weniger aus dem Antrieb heraus meine grausamen Herren zu unterstützen, als vielmehr aus der Entschlossenheit eben nicht auf der Spitze der Opferpyramide für ihren Gott Atl in einem der Wasserbecken jämmerlich ertränkt zu werden. Herr de Playa hätten sie auch fast mitgenommen und ertränkt, aber ich konnte ihn weismachen, dass er mein Gehilfe sei und ich ihn dringend benötige. Die Septevaren schluckten die Lüge und so bewahrte ich meinen Freund vor dem Tod. Damit traten wir in einen neuen Dienst, allein um unsere eigene nackte Haut zu retten. Wir verhalfen mit einigen weiteren Schiffsbauern und einer Armee an Handwerkern den Septevaren zu einer beachtlichen Flotte, um Angael zu besetzen und deren Versorgungsströme zu unterbinden. Da die Haeresier allenfalls die Befahrung von Seen oder Flüssen kannten, bedurfte es der Kapitäne und Seefahrer aus Torm, um deren Armee aus Blutrittern über den Seeweg zu schicken.

Doch die erste Invasion sollte in einer katastrophalen Niederlage für die Septevaren enden. Auf der anderen Seite konnte Angael diesen Sieg nur unter größten Verlusten erringen. Beide Flotten hatten sich nach den Berichten gegenseitig fast vollständig versenkt. Innerlich feierte ich diese Niederlage, doch musste ich mein Gesicht wahren und begann sogleich neue Schiffe zu bauen. Meine Herren wollten noch vor dem Winter erneut angreifen. Es wurde jedes Schiff, jedes Boot und jeder Kahn von den Septevaren herangeschafft, da sie erwarteten gegen Arkalon auf dem Festland nur erfolgreich zu sein, wenn der Warenfluss auf dem Seeweg endgültig versiegte und so die Belagerten stark genug geschwächt wurden. Das Unmögliche gelang uns und wir stellten eine neue Flotte auf. In den letzten warmen Wochen des ausklingenden Jahres zogen die Septevaren gegen Angael. Wir hörten lange Zeit nichts von dem Ausgang der Invasion.

Erst im Sommer wurden wir Schiffsbauer alle von den Werften zurück in die Gefängnisse gebracht und eingesperrt. Wir erfuhren durch neu eingetroffene Gefangene, dass die Haeresier eine schwere Niederlage gegen Arkalon erlitten haben. Die Angriffsflotte wurde vollständig auf offener See versenkt und die Belagerung zerschmettert. Nach dem Frühjahr waren die Arkoner nun nah an die haeresische Grenze gelangt. Die Haeresier selbst, seien es die wenigen verbliebenen Septevaren oder deren Soldaten und Diener, flohen zurück in den Süden hinter das Feyergebirge.

Als der Kampf um Torm im Sommer begann, nutzten wir die Wirren und überwältigten die wenigen zurückgebliebenen Wächter. Es war ein leichtes, da mit der Ankunft der Arkoner viele von ihnen bereits ihre Posten verlassen hatten. Unsere Revolte war von Erfolg gekrönt. Wir vermochten uns zu befreien und organisierten uns im Erdgeschoss für

einen Ausbruch und die Vereinigung mit den arko-
nischen Befreiern. Dabei bemerkte ich, wie eine
Gruppe aus Gefangenen den Folterstuhl heran
schleppte. Eine andere hatte zu meiner Verwunderung den Hexer Abelinger gefangen. Sie zerrten den
Mann auf den Stuhl, der sich aber überhaupt nicht
zur Wehr setzte. Sein Festzurren wurde von spötti-
schen und bösartigen Worten und Beschimpfungen
begleitet. Manche schlugen ihm sogar ins Gesicht
oder bespuckten ihn. Schließlich zogen sie dem Hexer die Kapuze über und arretierten seinen Kopf mit
den Lederbändern. Das Johlen und Brüllen endete
bald, da offensichtlich nichts geschah. Sie zogen ihm
die Kapuze bald wieder ungläubig vom Kopf.

«Das Teufelsding funktioniert nicht bei dem ver-
dammten Hexer», rief einer.

«Verbrennt das grässliche Ding und mit ihm seinen Herrn», brüllte ein anderer. Der Hexer aber blieb
ruhig und sah friedlich zu, wie die Kapuze auf einem Stock gehoben und vor seinen Augen angezündet wurde. Die Wut der Menge entlud sich an dem
brennenden Stück Stoff und einige gingen wieder

dazu über den Hexer anzuspucken oder zu schlagen. Sie zertrümmerten die Holzbarrikaden der unteren Türen und Tore und zerschlugen auch das verbliebene Mobiliar. Sie stapelten das Holz zu einer Art Scheiterhaufen um und unter dem Stuhl des Hexers. Der sah auch dem gelassen zu. Einer der Rädelsführer dieser Hinrichtung hob drohend eine brennende Öllampe hoch.

«Noch irgendwelche letzten Worte, Hexer?» fragte er höhnisch. Der Hexer Abelinger sah nun erst auf und direkt zu dem Sprecher.

«Ihr ruft mich die ganze Zeit einen Hexer. Dabei bin ich tatsächlich ein Illusionist. Ein Wahrer Täuscher, um genau zu sein. Ich reflektiere Bilder, Eindrücke, Andeutungen und Ängste in den Kopf eines jeden Menschen», sprach er, als würde er einem Kind etwas erklären «Was macht euch Narren glauben, dass ich mich dieses Stückes Stoff da für meine Fertigkeiten bedienen müsste?» Seinen ruhig gesprochenen Worten folgte eine absolute Stille. Er suggerierte etwas, das ich mir in meinen kühnsten Alpträumen nicht hätte vorzustellen vermocht. Bislang hatten sich alle Wut und aller Zorn auf diese schwarze Kapuze als Quelle allen Übels und seiner Macht dargestellt. Der vermeintliche Hexer aber wurde immer nur als derjenige angesehen, der sich ihre Mächte bediente oder sie zu kontrollieren wusste. Seine Worte ergaben für mich plötzlich Sinn. Warum hätten die Septevaren ihn fürchten sollen, wenn sie ihm bloß die Kapuze hätten wegnehmen müssen? Er musste die gleichen Ängste in ihnen geweckt haben.

«Wenn du diese Kapuze nicht benötigst, was soll dann diese Scharade?» traute sich schließlich einer in die allgegenwärtige Stille zu fragen. Seine Stimme war von wachsender Sorge geprägt. Der Illusionist Abelinger sah zu dem Fragenden.

«Diese Maskierung diente lediglich dazu, die entstellten und vor Angst deformierten Gesichter zu verbergen. Jeder Mensch hat etwas Würde verdient, auch in der Todesangst.» Seine Stimme hatte etwas Düsteres gewonnen. Der Mann mit der Öllampe, wich plötzlich zurück und begann zu schreien. Er ging in die Knie als hätte er ein grenzenloses Grauen erblickt. Er warf sich wie ein Irrer auf dem Boden hin und her. Zu aller Anwesenden Entsetzen begann er sich die Augen auszukratzen und schrie bis er keine Stimme mehr hatte. Er erbleichte und blieb nach wenigen Momenten regungslos in seiner grässlich entstellten Körperhaltung erstarrt liegen. Wir alle sahen dem grauenvollen Spektakel mit neuem Entsetzen zu. Einige ergriffen ihre Stöcke und brüllten «Schlagt den Hund tot!»

Mit diesem Ausruf verfiel die nächste Reihe an Männern in eine blasshäutige und kaltschweißige Raserei. Sie schrien und schlugen wild um sich. Dann begannen auch sie die Gewalt gegen sich selbst zu richten. Dieser groteske Anblick war so entsetzlich, wie er erbarmungswürdiger war. Es wirkte wie eine schlechte Szene aus einem Irrenhaus. Einer schlug sich mit den eigenen Fäusten ins Gesicht, bis es blutig und zertrümmert war. Der nächste kratzte sich schrill kreischend die eigenen Augäpfel aus den Höhlen, nur um daran zu verzweifeln, dass er «Es» – wie er seinen Alptraum nur bezeichnete – immer noch sehen würde. Ebenso begann erneut das Hämmern und Schlagen der Köpfe gegen Wände und Boden. Ich stand wie eine Salzsäule erstarrt da und sah dieser abstrusen Szene zu und war von dem Gedanken gelähmt und betäubt, dass dies auch bereits die grauenvollen Bilder sein konnten, die der Illusionist Abelinger in meinen Kopf presste. Dies allein anzusehen überforderte meinen Geist und Verstand. Ich spürte wie meine Arme langsam hoch zu meinem Gesicht fuhren. Meine Finger krallten sich von einem ungekannten Instinkt gelenkt zusammen. Bevor sich meine Fingernägel in die Haut meiner Augenlider vergraben konnten, riss mich ein plötzlicher Ruck aus diesem entrückten Dämmerzustand.

Herr de Playa hatte mich am Arm gefasst und riss mich mit sich. Ich folgte dem instinktiven Gespür nach Flucht vor dieser alptraumhaften Gefahr und rannte Hals über Kopf mit dem Freund zur Tür. Ich war abgewandt und im nächsten Augenblick hörte ich all die anderen Männer, doch ich drehte mich nicht um. Die vielkehligen Schreie hinter mir kippten schlagartig vom brüllenden Zorn, hin zu angsterfüllten, panischem Geschrei. Auch das zerbrach rasch in ein heiseres Krächzen und erstickte schließlich ganz. Noch heute dröhnen diese unmenschlichen Laute in meinen Ohren. Laute, wie sie nicht einmal Tiere vermochten von sich zu geben. Immer dann wenn es absolut still ist, höre ich diese Schreie. Es sind die Schreie von Menschen, die mit dem namenlosen Grauen ihrer Todesangst konfrontiert wurden. Einer Todesangst, die sie dazu brachte sich selbst schrecklichste Dinge anzutun. Ich mag mir gar nicht ausmalen, welche lebensverachtende Bilder und krankhafte Ideen dieser irre Illusionist in seinem Kopf herumgeistern hat, um so etwas möglich zu machen. Es möglich zu machen mit bloßen Bilder einen normalen, vernunftbegabten Menschen dazu zu bringen, über jede erhabene Besonnenheit und jeden niedersten Instinkt hinweg, den Freitod als einzige Möglichkeit zu erachten sich diesem Wahnsinn zu entziehen.